KB068483

흰 구름

잎사귀

흰 구름 잎사귀

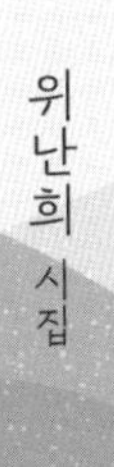

제20회 풀잎문학상 대상 수상 시집

나는 이상과 현실의 문을 매일
드나들면서 살았다.

바른북스

시인의 말

나는 이상과 현실의 문을 매일 드나들면서 살았다.

나이가 들어도 타고난 천성을 버릴 수 없었다.

그래서 서른 중반에 모두가 말리는 이상의 숲으로 들어갔다.

20여 년의 숲속 생활은 내가 원했던 생명의 원천인 거친 삶을 송두리째 선사했다.

흙 속에서 온몸으로 뒹굴 수 있도록 도와주었고, 나는 더 못생겨지고 거칠어졌지만 흠뻑 행복했다. 다행스럽게 현실 생활인 일터에서는 부단히 노력을 했더니 밥을 먹고 아이들을 키워낼 수 있게 했다. 신은 내게 너무 많은 복을 줬다. 남들보다 더 많은 힘을 쓰지 않았음에도 원했던 삶의 길을 대부분 잘 통과시켜 주었다.

이 세상 어디에 숨어 있는 보이지 않는 조력자들 덕분이었다.

뜨거운 여름이 왔다. 수박 향 붉은 속살로 불의 갈증을 씻어낼 수 있고, 무엇보다 자유롭게 물고기가 되어 헤엄칠 수 있다. 매년 여름이 오면 나는 바닷가에 가서 한나절 이상 헤엄치며 놀았다. 내가 물이고 물고기이며 미역줄기이기도 했다. 모두가 한통속처럼 평안했다. 여름이 나를 품어주던 바닷가 물속에서 헤엄칠 때마다 내게는 상상의 푸른 지느러미가 돋아났다. 갈치가 되기도 하고 전갱이가 되기도 했다. 어른이 되어 바다를 자주 갈 수 없었던 나는 시냇물을 찾기 시작했다. 헤매지 않고도 찾아냈다. 맑은 시냇물이 흐르는 숲속 텃밭, 시간이 날 때마다 호미 하나로 하루가 저물고 땀범벅 흙투성이가 된 몸을 첨벙! 시냇가에 던졌다. 숲속 그늘을 묻히고 나온 물소리를 끼얹어 몸을 씻으면 나는 또다시 버들치가 되고 송사리도 되고 물풀도 된다. 모두 그대들 덕분이었다. 그래서 이 세상 어딘가에서 이상의 꿈을 접고 현실의 하루를 묵묵히 잘 살아내고 있는 그대에게 보낸다. 숲의 체취를 가득 비벼서 남루한 시를 엮어 보내니, 혹시 이 숲에서 보낸 엉성한 시를 껴안고라도 푹 잠들 수 있기를. 그래서 불현듯 만나게 된다면 흙만 파고 살아도 먹고살아지는 세상이 오기를, 학수고대하며 숲속 밥상을 대접할 수 있기를… 아무리 벌이 사라질 거라고, 시가 사라질 거라고 겁을 주어도 흔들리지 말고 엄청나게 버티면서. 씨앗 한 톨을 같이 심으며 우리 서로 쳐다보며 잇몸 만개하여 웃으면 세상 모든 것들이 제 색깔로 꽃 피고 열매 맺기를. 그래서 이렇게 읊조릴 수 있으면.

원하면 누구나 이상과 현실의 문을 매일 드나들면서 살았다.

노루숲 시냇가에서,

위난희

차례

제2부

산밭에서 일하다

제3부

그 한 사람을 만나다

제4부

모든 것은 연결되어 있다

제5부

호모루덴스를 꿈꾸다

남도 끝에는 젊은 베르테르의 기쁨이 자란다지

사람들에게 꽃다발도 묶어준다지

봉화언덕, 앵무언덕 소문을 띄우면

호수 정원 아래

맨발의 마음이 초원을 밟고 다닌다지

비오톱 습지 아래 기적을 연결한다지

나무와 꽃들을 헤치고 들어서면

제1부

내 안에 정원을 가꾸다

꽃이 하는 말

세상 모든 것들에게는 눈이 있어
담을 수 있는 크기가 다른
너만의 눈이 있어
찬찬히 속눈썹 털어 들여다보면
세상 모든 언어들을 다 이겨 버리는
너는 꽃이다
자존심의 가지 부러지고
훼손당해 본 사람들을
가장 깊은 곳에서 만져 주는
꽃의 말을 받아 적고 싶어라

사람을 사랑한다는 건
그 마음에 얹혀져
새털처럼 가볍고 포근해진다는 것
그대와 나누는 모든 말들이
구슬이 되어 시간 속에 가득 차올라
갈수록 불어나고 아롱인다는 것
후일 이 시간을 기억하면
너무 그리워 새벽이슬로 맺힌다는 것

아, 가슴속에 박혀 열지 않아도
환히 빛을 내는 오색 보물 상자라는 것
꽃이 그대에게 전하고 싶은 말이다

강물 냄새

살아있는 것들의
작은 숨소리를 키워내는
초여름 강물 냄새
돌과 이끼, 물풀 사이를
헤엄쳐서 온 물고기
한 마리 잡았다
지느러미가 물결을
부딪칠 때마다 나는 강물 냄새
자신을 물속에 담가놓고
온종일 곱씹고 서있는 버드나무 아래
순한 버들치 같은 사람 하나
강물 속으로 걸어 들어간다

첨벙첨벙 유년의 물장구
발등을 스치던 작은 물고기
한 마리를 응시한다
너를 만나고 싶었단다
강가 집들마다 불이 켜지고
근육 불끈 뛰어오른 물고기

물속 가득 비늘을 쏟는다

덩달아 나뭇가지도

풀냄새를 부려놓는다

허겁지겁 살아오던 장년의 날

넘실넘실 손에 잡힐 듯

출렁거리던 비릿한 강물 냄새

훅 치고 들어왔다

그제야 순한 버들치 같던 사람

괴롭히던 질문지 떠내려 보낸다

먹 초록 강물 냄새에 손을 적시자

구름 위의 별들이

퐁당퐁당 뛰어들었다

봐요, 숨이 빛나요

선암매*

하얗게 얼어붙은 기억
담장에 부려 놓아요
한 그릇의 밥을 위하여
스스로를 접고 접어
가슴 밑바닥에 가라앉힌
흰 적멸의 시간이
피어나고 있어요

어떤 인생이 향기롭지 않을까요
무늬 새기던 저마다의 생(生)
간혹 주저앉지 못하게
수줍거나 황홀하기도 했지요
인생은 가다가 돌아봐도 자꾸만 예쁜 길
그대가 견뎌온 세월을 짐작이나 할까요
휘어져 본 사람들은 가늠하겠지요
몸뚱이 찢겨 일어서는 나무껍질의 분심을
처마 타고 간신히 하늘을 잡은 꽃가지

* 선암매: 순천 선암사에 있는 수령 350~650년에 이르는 매화나무 군락. 천연기념물(488호)

겨울을 다 지나왔다고 생각했어요
다가올 봄도 다 봤다고 여겼어요

절집 꽉 채우고도
산모퉁이 바깥까지 퍼지는
우리가 도달해야 할 지극한 경지
기쁨의 회향, 분분한 꽃 속에서
한 사람이 걸어갔어요
한 사람이 걸어왔어요

야생 속으로

화장을 하지 않는다
백 번쯤 권하면
참나리 주황빛 한 번에 바른다
아무 옷이나 입는다
가시가 걸리지 않는
청미래덩굴에 감기지 않는
풀물이 감춰지는 잔꽃 무늬나
작은 자유가 넘나들은 옷이면 그만이다

예의가 바르지 못하다
언어는 티끌 하나 없는데 공손치 않다
툭툭 마음의 소리가 여과 없이 뱉어졌다
그러나 대부분 겉과 속이 단색이라
그녀의 한마디에
건넛집 곳간은 스스로 문을 열었다

온 숲을 더듬다가 내려온
손끝에는 초록 물이 들고
한 몸처럼 공명하던 갖가지 나무 소리

숲속 헤치고 온 숨이 날마다 다르다
누구에게나 어느 때나
사랑의 손길을 한없이 퍼붓는다
따뜻한 햇살 밥을 고봉으로 권하고
오월 잎사귀의 마음을 드넓게 펼쳤다

시냇물 소리에 홀려
수없이 지각을 했던 소녀는
찔레꽃 덤불에서 그만 숨이 멎어라
지극히 순결하던 그래서 더 위험하던
세상을 탐험하던 날
흔들리거나 휩쓸려 불시착했을 때
정신 차리시라
그대의 항상성을 흔들어 깨워줄 것이다
조각난 곳을 감쪽같이 붙여줄 것이다
네 속으로 직진하여 들어오라
그녀는 야생의 숲이다

와온 바다

노을 집에 들어가 앉았다
첫사랑에게 안길 때처럼
숨이 막혔다
마음 구들장 아래로
절절 끓은 바닷물이 흘렀다

아랫목 피어나는 붉은 한숨
터진 칠면초 군락에
바람이 잠시 몸을 뉜다
하늘, 땅, 사람이 하나로 뒤엉겨
붉게 일렁이는 순간이다

수평선 너머 끊임없이
넘실거렸던 욕망의 물결
뒤돌아서 바라보니
좁고 구불구불한 생애 흔적을
남겼던 갯벌의 시간에
눈물 한 방울 포개어진다

들깨 향 말라 터지는

늦가을 공기 사이를 헤치고

붉은 노을 집에 드러누웠다

물때 놓칠까 봐

몸 다치며 살지 말거라

다 살아지는 법이다

하늘의 말귀가 천천히 트이는 곳

마음 구들장 아래로

절절 끓은 바닷물이 흘렀다

꽃밭

시간이 거꾸로 가는 곳
세상살이 시시로 시들기도 하고
때때로 노랗게 잎이 말려 죽을 것 같고
그대의 발걸음 방향을 놓칠 때
꽃밭에 오세요
어디로 가야 할지 생각이 길어질 때
주저하지 말고 꽃밭에 오세요
더 이상 울먹이지 말아요
집으로 돌아가고 싶어
반짝이는 꽃송이가 물을 거예요
아니, 더 놀고 싶어
흔들리던 마음골마다
향기가 활짝 품어졌다
구름 걸터앉은 마음 공터에
씨앗을 심어요
스며드는 이슬비, 흙을 밀어내는 바람
싹을 틔우는 햇살, 모두가 손 걷어붙여요
세상사, 모든 것은
포개어지는 순간 꽃이 돼요

꽃의 자리, 그대 꽃밭에 얼른 오세요

그냥 오세요

다시 목련꽃

봄이 되면 언제나
목련꽃을 기다렸다
그리움은 겨우내 몽글어
뜰을 갖게 되면 맨 처음
목련을 심을 계획이었다
꽃샘추위 요리조리 피해서
목공단 꽃잎 한 장도 얼지 않을
어느 반가에 찬찬한 살림살이처럼
꽃잎이 작고 단단해 한참이나
피어 있는 재래종 자목련을 꼭 심고 싶었다
깊은 속까지 진보랏빛 저고리 앞도련 같은
그러나 만날 수 없었고
만났는데, 잽싸지 못해
내가 가질 수 없어 안타까웠던 목련꽃
속절없이 피고 지고 여러 해
원래 소망은 늦게 이뤄지는 법
기다림의 끝, 드디어 자목련을 심었다
꽃 한 그루도 인연의 문이 열려야 만나니
그제야 환하게 안기던 시간

목련꽃 그늘 아래 당신은
이제 다시 사랑을 시작해도
좋을 시간 속에 앉았습니다

서어나무 아래서

무언가 배운다는 것은
뜻대로 술술 풀리지 않아도
오래 지긋이 해야 한다는 것을
어떤 날 작은 일의 성취에도
내가 자랑스럽다는 것을

마음 얕은 것이 가장 큰 결점이라는 것도
함께할수록 비밀은 더 영롱해진다는 것도
어떤 비바람에도 결코 져서는 안 된다는 것을
세상에서 가장 중요한 때는 바로 이 순간이라는 것을
어둠 속에 한없이 기다리며 서 있어야 하는 것도
사랑은 쉬지 않고 기포처럼 퍼 올려야 한다는 것을

세상에서 가장 아름다운 인연을 선물받는다는 것도
삶과 죽음 사이에서 내가 해야 할 일도
놀라운 서어나무, 네가 서 있는 풍경이 그림이 된다는 것을
길을 잃어도 길은 이어진다는 것을
고통 속에서는 아름다운 것을 품고 있어야 한다는 것을

서어나무 그늘 아래서 나를 축복해주는
예측을 뛰어넘는 신 앞에서 말을 잃었다

오월

바람이 신나서 그네를 타는구나
덩달아 그네에 올라탄 울타리 장미
자기도 모르게 피어 버렸다
지빠귀 높이 날고
사람들은 다시 꿈을 꾸기 시작하고
새벽을 달려 거미가 지은 집
아름다운 시간 속에서 말 걸기를 기다렸다
오월의 힘은 언제나 가슴을 뛰게 하고
세상 모든 나무가 인사하는 달
고통의 언덕을 지나온 사람은
이 시절 행운의 어깨를 부딪치게 되리니
눈을 반짝거리며 주워 담을 준비를 하자
땅이 모든 것을 잊게 하는 날
함박꽃 소음으로 세상 먹먹해질 때
동사를 가슴에 품고 살았던
그대 작은 꽃, 향기 넘치게 피어났다

맞춰보실래요, 꽃 이름

때맞춰 눈 맞추기가
젤 어려운데
올해는 꽃송이가 송알송알
나뭇가지마다 수를 놓았군요
꽃 잔치 장관이구려
숲속 가득 수만 개의 종소리
때죽나무꽃이랍니다
초여름 싱그럽게 문을 열었네요
어서 오세요, 초여름 인사드립니다
일상의 묵은때를 벗기듯
쏟아지는 흰 향기
초여름 숨 막히게 몰고 옵니다
숲속 주인도 잠시 기절합니다

여름 백합 만개

여름 아침, 초절정의
미모를 과시하는 백합꽃
텃밭 김매러 갈 때
점심 준비하러 갈 때
수돗가 빨래할 때
그리고 한숨 독서 한 줄 책갈피까지
졸졸 따라다니는 향기
오늘은 숲 허리 가득 찬
고혹스러운 철포백합 향에 파묻히다
목련나무 반그늘 아래 서로 도와가며
자란 탓에 향이 온 뜰을 휘감았다
날렵한 줄기와 잎사귀에 품을 것이 참 많았구나
바쁜 시간이 커다란 철포백합 속에 붙잡혔다
애당초 세상은 향긋한 곳이었다

엘리멘탈*

발길마다 비올라
타닥타닥 불꽃으로 터지고
물끄러미 수수꽃다리
그리움이 퍼져나가면
붉은 태양을 씹어 삼킨
칸나의 언어가
봇물처럼 흘러넘쳤다

조마조마 샤프란
분처럼 묻어나는 수줍음
공기를 가득 채운 처녀들
노랑 수선화로 날아오르고
저만치 흰 작약
뿌리 뻗은 슬픔이 멈춰 섰다
다했다, 흙의 꽃밭

* 엘리멘탈: 근본적인, 불, 물, 공기, 흙의 4원소

나는 엉겅퀴다

예민하다고 했다
나도 인정한다
말할 수 없이 예민했다
가시를 뽑아 외피에 장착하고
서툰 놈 하나 걸려라
작심했다
보랏빛 창살로 꽃받침을 세우고
칼날처럼 예민해져서
촘촘히 방패를 깎아 벽을 치던
말할 수 없는 내면의 소스라침
그대 혹시 지금 그런가
그대 혹시 사랑하는 이를 그렇게 했나

예민하다고 했다
나도 인정한다
말할 수 없이 예민했다
가시를 뽑아 외피에 장착하고
서툰 놈 하나 걸려라
작심했다

보랏빛 창살로 꽃받침을 세우고
칼날처럼 예민해져서
촘촘히 방패를 깎아 벽을 치던
말할 수 없는 내면의 소스라침
제 사랑 제가 끼고 있는 법을 몰랐던
너는 엉겅퀴다

숲의 시작

사람이 좋았다
그지없이 좋았다
그러나 사람들을 만나면
만날 때마다 상처받았다
여린 살갗이 자꾸만 베여 늘 쓰라렸다

우연히 숲으로 들어갔다
다친 가슴을 안고
숲으로 가서 털썩 주저앉았다
눈물 훔치던 자리에 꽃이 맺어 있었다
발자국 서성이던 자리에
나무가 오랫동안 굽어보고 있었다
우리는 단박에 친구가 되었다

비밀을 퍼 나르지도 않고
뒤통수를 치지도 않고
싸구려 위로도 건네지 않는
아무리 남루해져도
밑천이 다 드러나 바닥을 보여도

상처가 짓물러 고름이 흘러도
말없이 쓰다듬어 주거나
말없이 함께 서 주었다
그냥 긴 시간을 같이 있어 줬다
한없이 말없이 기다려 줬다
그 눈빛 잊을 수 없다
그 손길 잊을 수 없다
다시 사람 사는 세상 속으로
걸어 들어갔다
더 이상 다치지 않았다
나도 꽃 한 송이
나무 한 그루 되련다
숲의 마음을 펼쳐 살련다

첫사랑

이별은 아름다운 거야
너만 이리 와
내 젖은 머리칼을 쓸어줄래

사랑이 꺾어지는 거라 여긴다면
너만 돌아와
내 속살을 만지게 할게

청춘을 아름다운 거라 말하던
너만 이리 와
우리 함께 추운 땅에 묻히게

백합 새순

봄의 정령이네요
씩씩하고 용감하게
나, 봄이다
꽃샘추위에 살짝
얼리면서도 할 말은 다 하네요

겨울 숲에서

다 벗었다고 생각했다
적절히 잘 벗는 고수의
진면목과 맞닥뜨리기 전까지
비교하지 말자 다짐해도
저 등성이의 햇살과 물이 좋을까
미련스럽게 자꾸 거슬러
오르는 법이 궁금했다

세상길은 끊임없이 혼란스러워
겨울 한가운데 뻗어나간 나뭇가지
절대 고독과 무거운 침묵을 생산해 내는
너의 우람한 시간을 목격하기 전까지

다 벗었다고 생각했다
적절히 잘 벗는 고수의
진면목과 맞닥뜨리기 전까지
뭇 영혼을 재워두고 직면하는
정제된 생명을 만드는 너의 시간 속에서
무조건적인 사랑을 받았던 때가 떠올랐다

다시 돌아갈 수 없는 곳에 대한
그리움이 환히 만져졌다

눈의 무게로 찢어지는 어깨의 파열음
골짝을 파헤치는 물살의 비수에
터진 속살을 내주면서도
속속들이 안으로만 갈고 있는
너의 굴곡을 체험하기 전까지
다 벗었다고 생각했다
적절히 잘 벗는 고수의
진면목과 맞닥뜨리기 전까지

순천만정원의 꿈

그대는 서풍이 될 거야
이 세상 견뎌낸 것들이
여자만 품속으로 기어들어
서로를 만지다가 S자 물길을 만들고
흑두루미 물장구치다 부서져 날고
그대는 서풍으로 불 거야
풍차를 돌려야지
꽃들을 피워낼 거야
근심 먹는 은행나무 아래 부는 바람이 될 거야
남도 끝에는 젊은 베르테르의 기쁨이 자란다지
사람들에게 꽃다발도 묶어준다지
봉화언덕, 앵무언덕 소문을 띄우면
호수 정원 아래
맨발의 마음이 초원을 밟고 다닌다지
비오톱 습지 아래 기적을 연결한다지
나무와 꽃들을 헤치고 들어서면

문밖에 서 있는 것들을 안으로 들여
초롱한 꽃잎들이 지켜주겠노라 앞장서

그대의 꿈이 달 항아리로 떠오른다지
600살 팽나무의 파안대소를 듣는 순간
그대의 케케묵은 그늘도 되팔아버리는
갈대숲 사르륵사르륵 하프 켜는 서풍이 될 거야
이 세상 견디고 있는 것들에게
정원의 밀서를 전하는 서풍이 될 거야

별일 없는 척

살아내고 있는 사람

가슴속에서 자갈이 자라고 있다

제 몸의 반쪽을 도려내어

잿빛 눈물의 순을 틔워

척박하거나 말거나

혹독하거나 말거나

뿌리 뻗어 새끼들을 달고서

감자의 길을 완성한다

제2부

산밭에서 일하다

자갈감자*

별일 없는 척
살아내고 있는 사람
가슴속에서 자갈이 자라고 있다
제 몸의 반쪽을 도려내어
잿빛 눈물의 순을 틔워
척박하거나 말거나
혹독하거나 말거나
뿌리 뻗어 새끼들을 달고서
감자의 길을 완성한다
안데스, 페루 한없이 품어주던 친정
별의 입김으로 크던 시절 가고파라
억척스러운 다랑이 밭 뉘엿뉘엿 넘어서면
애태워 노래진 속살
흰 숨 틔워 피어난 꽃
정 한번 못 품어
볼품없이 자갈자갈** 잘기도 하다
이 밭에 뭐 심었능교

* 자갈감자: 토종 감자

** 자갈자갈: 우리말, 여럿이 모여서 나직한 목소리로 나누는 소리

지천을 듣고도
자갈처럼 따글따글 속으로만 뭉쳤다

별일 없는 척
살아내고 있는 사람
가슴속에서 자갈이 자라고 있다
형편없이 잘기만 한 자갈감자
그 지천을 듣고도 감칠맛을 키워
감지덕지하구나, 감자 향이 제대로구나
별일 없는 척
아닌 척 살아내고 있는 사람
참어른은 가슴에 찰진 자갈도 키워내는구나
자갈자갈 곱게도 키우는구나

풀섶 메모

오늘 선선함이 묻어나네요
몸이 웃고 덩달아 마음도 웃는
바람 한 줄기 툭 치고 가네요

아, 드디어 그대 곁에 섰네요
일하다 문득 하늘을 보면
날로 씻기는 마음 한 자락
그대 하루도 그렇게 회복되길 바랍니다

거친 일상의 밭에 흙을 모아 북을 합니다
지난 여름비에 쓸려, 툭툭 돌멩이 도드라져
나날이 메마르고 팍팍한 흙 속 같은 날들
그래도 무엇이라도 키워내고 싶어서
뿌리 드러낸 연둣빛 간절한 마음 밑동을 찾아

이로워져라, 유용 미생물 가득한
찰지고 건강한 흙을 도톰하게 덮어줍니다
세상의 모든 생명체들, 오늘 이 한 줌의
흙 속에 자디잔 소원을 뿌려 북돋우니

이제 날이 갈수록 여물어져
맑은 눈빛, 맑은 귀로 찰랑이시길
덧붙여 그대의 식의주가
가을볕 곡식처럼 충만하길 바랍니다
그대 곁에 바짝 다가선
초가을이 전하는 말입니다

한겨울

야생차 한 봉지
두 사람 소곤거리며 누울
따뜻한 아랫목
정갈한 창틀 아래 다소곳이
내려앉는 달빛 한 줌
한없이 따뜻한 겨울 한가운데
작은 집, 문지방
팔베개하고 고스란히 담긴 눈빛
배곯은 밤길을 걸어온 날카로운 북풍
아무리 틈새를 노려도
뭉쳐서 패 부숴버릴까 싶던 눈발도
가만히 평온을 내려놓았다

시월 단상

나 이제 걸으리라
호젓하게 철학자처럼 걸어 보리라
농부가 연장을 손보면서
수확을 준비하는 설레는 손길에서
화이트 근로자가 서랍 속 서류 뭉치를 묶고
책상서랍을 탁 닫는 소리에서
땀에 전 셔츠가 더 이상 등짝에 달라붙지 않는
블루칼라 근로자의 고슬고슬한 숨에서
세상 사람들 저마다의 색으로
뜨겁던 한 시절 온전히 이겨 내고
하늘의 눈을 거쳐 제 마음에 가라앉을 때까지
나 이제 혼자 걸으리라
호젓하게 철학자처럼 걸어 보리라
가을 정경이 하나씩 가라앉고 있다

백로

더 이상 자랄 수 없는 풀 잎사귀에
그대 노동의 흰 땀방울 송알송알 달다
촘촘한 새벽 출근길
발목을 적시는 추격자를 따돌리고
세상의 꽃들이 다시 흙 속에 묻혀
내밀한 성장을 하는 시간
고군분투, 꾹꾹 묻어 주시길
간헐적으로 엿들어 주시길
벼는 늦어도 백로 전에 패어야 하는데
나락은 늦어도
백로가 되기 전에 여물어야 하는데
서리가 내리면 어쩔거나

부지런히 창문을 열고 부엌을 깨워
거미줄 같은 어둠을 걷어 낸다
그대의 흰 숨결 뽑아낸 삶의 포목들
기꺼이 바치리니
다시 산들 이보다 잘할 수 있으랴
더 보탤 수 없는 극진한 마음 백로다

더 이상 자랄 수 없는 풀 잎사귀에

그대 노동의 흰 땀방울 송알송알 달다

칠월 하루

그제 내린 비로 숲이 깨끗해졌다
숲속 계곡 물소리 종일 작은 음악회
그리고 발 담그고 싶은 작은 지류
찬물에 손을 담그니 다가와 쫑긋거리는 물고기들
산속 도라지 저 혼자 피었다 지고
원추리 꽃, 어깨 쫘악 스스로 으쓱거리는
반나절을 참나무 어우러진 시냇물에서 놀았다

책 한 줄 읽고
아낌없이 흐르는 물빛 한 번 보고
하루가 간결하게 맑게 흐른다
생각할수록 자연은 촉촉하고 푹신하다

잠깐 소나기

장마라는데 후드득 소나기
고맙게 햇빛을 보게 해줘
아직 밭작물이 건재하네요
긴 장마 끝에는 채소들이
모두 녹거나 잡초에 파묻혀
풀밭 완승이 돼버리는데요
그래서 내 밭 슈퍼는
할 일이 별로 없게 되기도 하는데
이제 시작인가요
방망이 두드리듯 뿌려지는 소나기
지나고 마알간 햇빛 사이로
쓸린 흙에 반쯤 머드팩하고 있는
여름 과채류들, 애쓰는 오후네요
후드득 소나기 지나간 자리
시냇물 코러스, 합창단 오셨네요
숲이 청년, 스무 살 얼굴로
패기 가득 쳐다보는데요
푸른 근육 날로 근사해지는 어깨
혼자 보기 아깝네요

무 조림

산밭 시퍼런 무청
무서리 가득 품은 속
산그늘 맛을 통째로 머금다

남해안 파도에 뒤척이던
지느러미 스친 살의 맛
윤슬처럼 빛나는
조기 한 마리 달게 누웠다
고향집 굴뚝을 지나
흰 기별 없어 달려온 바람
빙판길 조심해라
어머니, 정갈한 한 그릇 밥상
눈물겹게 오지다

늙은 호박

겨울 끄트머리, 참 심심한 시간
엉뚱하게 쳐다보는 작년 늦가을 산
호박 한 덩이
소매 걷어붙이고 팥 동동 여민 호박죽과
양파 송송 곁들인 호박전을 만들었다
오래 묵힌 벗들과
이래도 흥, 저래도 흥
마음 맞추기 좋은 친구들
똑 닮은 호박 한 덩이로
내 안의 소녀가
화르륵 주황빛으로 웃었다

오후의 발견

한바탕 들썩들썩
조용한 공간에 운동회가 열렸네요
놀러 온 사람들을 보내고
다시 찾아든 진녹색 고요함
휘파람새가 뭐라고 지저귀는 동안
저 혼자 피었다 지는 옥잠화 위로
햇살이 고무줄놀이를 하고 있네요
당귀꽃이 밭 귀퉁이 가득 피어나고
은은한 무명색 깨알 꽃이 버무려져
벌과 나비를 소집 중이네요
쉿, 조심하세요
잎새 우거진 곳, 벌이 숨어 있을지도
잠시 한눈파는 사이
톡 쏘고 가는 벌처럼
때늦은 후회, 조심할걸 할 수도 있네요
마당 풍경, 졸음 쏟아지는 오후 3시
붙잡는 졸음을 툭툭 털고 나온 그녀
토마토밭에 물을 주고 콩밭도 둘러봐야지
하루해가 금방 지고 온몸은 흙투성이네요

햇볕이 고무줄놀이를 하는 듯

날씨가 하도 좋아

싱크대 문을 활짝 열고 바람 쐬는 중

지각한 표고가 몇 개 나와서 마루에 말리는 중

어디든 너무 일찍 서둘러 나오거나

너무 늦게 나온 게 있기 마련

철모르는 것들이네요

쉿, 비밀인데요

당신이 꽃피워야 할 시점을

잘 맞춰 걸어가시길 당부합니다

하늘은 나날이 높아지고

하늘은 나날이 높아지고
나무는 나날이 생각에 잠겨
떠나갈 때를 기다리고 섰다
흙 속에 뿌리를 내려 커가는 재미
흙을 향해 더욱 고개를 숙이게 된다

옥수숫잎에 떨어지는 빗소리
토란대 잎에 떨어지는 빗소리
나도 비를 맞는다
나는 무슨 소리가 날까
먹먹한 인생의 질문지
안개 속에 피어났다가
저절로 사그라진다

누구나 한 번쯤 피어날 때가 있다
누구나 인생의 제철이 다가온다
기다려라, 더 기다려라
하늘은 나날이 높아지고
나무는 나날이 생각에 잠겨

떠나갈 때를 기다리고 섰다
더 보탤 것 없는 풍경 속에서
나도 거스르지 않고 자연스럽다

소전(小田)

소슬바람 바퀴에 감아
시원하게 달렸다
산그늘 걸려 수굿하게
반기는 텃밭에서
세상일 거친 심사
한바탕 호미질로 고르면
씨앗 한 움큼 쥐고
다복다복 짚어주면
저마다 눈뜨는 세상 맑은 것들

그대뿐이던 시절
부엌을 소란스럽게 만들고
냄비들을 반짝이게 하면서
새살을 키워내던 한낱 푸성귀들

마저 털어내지 못한
시름 부스스 털면서
봄동, 시금치 일어나고
어쩌다 못 캐어낸 쪽파도

파르라니 토라져 있고
귀가 언 갓들이
본질은 이런 것이라며
톡 쏘아붙였다

세상 푸른 것들 키워내는
작은 텃밭에서
흙이 부드러워질수록
길을 잃었던 속말들이
오손도손하게 싹틔웠다

팥을 털며

살아가는 일은 붉은색이리라
지평선에서 허리를 펴면
겁 없이 달라들던
푸르른 시절이 확 부끄럽다
가을 햇살이
수분을 거둬들이는 시간

저마다 꼬투리 속 알갱이들
사리를 만드는 시간
글로 표현 못 할
세상이 없을 줄 알았다
글이 바꾸지 못할
세상도 없다고 생각했다

스스로 몸의
수분을 말려가던
살아내는 것의 고단함을
붉은 거룩함을 한 치도 몰랐던
한 알의 어린 적두

긴 시간의 여정을 거쳐

제대로 여물기 위해 가부좌를 틀고

말라가는 시간을 스스로 고르고 있다

아, 붉은 적두 한 알의 삶

살아가는 일은 붉은색이리라

햇살을 끌어안고

눈물 흘렸을 시간이 또르르 구른다

폭염, 담백한 피서

올해 텃밭 농사는 내세울 게 없다
여름 밭 손질을 제대로 못 했고
모종 심고 그대로 잊은 듯했으니
나름 농작물 기록 수첩에는
올해는 반 휴경, 땅심을 더 북돋기 위해
잠시 쉬어 주는 거라 적었으나 잡풀 천국
게으른 손이 시간을 놓쳤음을 시인해야 했다

조반을 대충 먹고 텃밭에 오니
긴 폭염 속 풀들은 마치 게르만족
병사들처럼 무섭게 단단해져 있다
무거운 발걸음마다
무성한 풀을 헤치면 바구니 가득
포기한 마음을 일으켜 주는
고추, 참외, 토마토, 가지
못난이 밭작물들 넘쳐 난다
신뢰하게 된다, 흙의 힘에
뿌리박은 식물의 힘에 두렵고 존경스럽다
요즘 이런저런 사소한 모임에

차가운 참외를 껍질째 썰어 나눠 본다
다들 달고 맛있다, 감탄한다
그러나 모를 것이다
주인만이 아는 몇 가지 더 숨겨진
거두는 손길만이 느끼는 맛의 촉감을

맹위를 떨치는 불볕 햇빛을 피해
이른 아침 작물을 거두고
수돗가에서 어푸어푸 세수를 하고
나만의 방식, 별 다섯 개짜리
담백한 자연 피서를 즐긴다
읽고 싶은 책, 실컷 읽다가
시원한 바람 산들, 귓가를 지나는 기척에
읽던 책 내려 두고 계곡으로 내려가
시냇물에 발을 담가 본다
와, 맑은 모래톱 사이 다슬기가
주렁주렁 달려 있다
반딧불의 먹이라던가
긴 가뭄 탓에 물소리가 한결

가지런하고 단정하다

구월에는 새 마음으로 충전되어
주어진 상황 속에서
내게 맡겨진 일을 힘껏 해야지
뜨거워진 바위를 맨발로 올라오다가 봤다
집 옆 평상 밑에 둥지 튼 새집
아기 새 먹이 주러 들어가는 엄마 새
부지런하고 걱정 가득한 뒤꽁무니
부모는 모두 이렇게 닮았다
자나 깨나 새끼 걱정 새끼 사랑

넘치는 조선물 오이 숭숭 채 썰어
서리태 콩국수와 풋고추 열무김치
점심 한 소반, 후 다시 책을 읽으니
가을 풀벌레 스르르 쓰쓰쓰 스스스
가만가만 먼발치서 기웃거리는 소리들
여름 마무리 한나절 피서
담양의 소쇄원과 비길까
귀 모을수록 은근히 화려하다

겨울 소반

겨울이 깊을 대로 깊었다
함박눈도 쌓일 대로 쌓였다
연두색 속잎을 쩍 갈라
쌀뜨물에 끓인 국
시름 잊으시라
시간도 잊으시라
그리고 푹 쉬시라고
배춧잎 속살거린다

시절(時節)이 빠르다

부지런히 손을 놀려서
티끌 없이 정리된 이랑
두둑한 밭둑마다 튼실하게 열매 맺어
우쭐거리던 추수철을 상상하며
아차, 헛되도다
역시 잡초 씨의 위력은 무섭다
칠팔월 장마와 더위의 틈을
노린 게릴라 작전
어디가 애써 가꾼 농작물인지
저절로 겸손해진 허리 참을 펴며
에고 휴, 힘드네요 저절로 터진 말
밭고랑 분간이 없네요
농사의 절반, 잡초 씨와의 분투
치열하다는 것의 끝, 절정을 본다
바랭이, 명아주, 망초, 환삼덩굴
우리나라 모든 전업농가한테 경의를
그리고 그분들의 노고를 되새기게 하는
키가 나만 한 자리공씨 슬쩍 건드는데요
덤비지 마소, 늘 그렇듯 올해도 졌다

이제 입추, 벼꽃 펴서 나락이 생기던데
어쩜 호박도 저렇듯 섹시한 엉덩이를
가을 반걸음씩 오네요
잡초 씨의 위세도 수그러지는 시절
늦여름 일거리 총총 끝낸 후
저녁마다 읽는 책갈피 사이에서
살짝 일어나는 소슬바람
쉿 가만히 보네요
가을아, 놀다 좀 천천히 오너라
농기구 씻어서 좀 걸어도 둬 보자

키부츠를 꿈꾸며

여름은 무섭다
슈퍼잡초들 때문에
이십 년 넘는 흙과의 동거 속에서
단 한 해도 풀을 이겨 본 적이 없다
지칠 줄 모르고 성큼성큼 자라는 풀 더미 속에서
모든 작물은 순식간에 파묻혀 흔적도 없어지기 일쑤다

너무나 근사하던 텃밭도
늘 여름을 지나는 동안
장마에 태풍에 온전하기 어려웠다
꽃밭도 텃밭도 잠시 한눈팔다 오면
그냥 칡넝쿨 속 침몰선이 되어 있다
아주 쉬운 방법, 약을 치는
이런 죄까지 짓고 싶지 않아
한 해도 해 본 적 없다
대신 우리 텃밭은 온갖 생물체의 집합체다
생명을 갖는 것들이 끊임없이 들락날락한다
일을 하다 보면
녹초가 되지만 어르신 말처럼

꼴이 말이 아니지만
내면은 그지없이 풍성해진다

숲속 텃밭은 거친 잡초 같은 이기심과
선택과 갈등의 세상살이에서
혼란스러움을 정돈해 주는 마음의 샘터다
오랜만에 예초작업 후 정돈된 밭두둑을 보니
근육의 눈물을 흠뻑 쏟아 낸 마음이 가지런하다
초록 숲이 말을 건다
흔적 없는 하룻밤을 선사하다니
생명과 평화가 가득 차오르다니
그 모습 지극하다

산속 부엌에서

창문을 열면
오랫동안 닫혔던 내면의 골마다
시냇물 소리가 흘러들어 왔다
목을 꺾어 들여다보는 나뭇가지마다
웃는 잎사귀들이 박수갈채를 보냈다

두릅, 참취, 부지깽이, 고사리, 산딸기
온갖 야생이 작업대 한가득 눌렀던 감정을 풀었다
공기 속 효모의 달큼한 체취가 진동한 부엌에는
순결한 온갖 것을 품고 발효된 냄새로 가득했다

하루를 힘껏 살아낸 혼탁해진 윗물을 버려가며
마음의 뚜껑을 천천히 열어 햇볕을 쪼이면서
차려낸 밥상에는
하늘도 구름도 나뭇잎도 산그림자도 모두 가라앉았다
숲속 나뭇잎이 털어서 만든 고요를 먹었다
여물어진 풀벌레 소리가 뿌려졌다
새알처럼 둥글고 따뜻한 포만감이었다

깊고 푸른 남해 바닷속처럼

평생을 한결같이

맑고 다정하던 어머니

흔들리던 마음 그대로

푸른 바다, 비단 짓는

네 삶을 부디 잘 살아라

떨리듯 담아주던 푸른 법랑 냄비

제3부

그 한 사람을 만나다

오래된 냄비

깊고 푸른 남해 바닷속처럼
평생을 한결같이
맑고 다정하던 어머니
흔들리던 마음 그대로
떨리듯 담아주던 푸른 법랑 냄비

겨우 손수건 한 장 빨았던 살림 생초보
좌충우돌 신혼이력이 고스란히 담겨있는
다 닳고 낡은 허접하기 짝이 없는 빛바랜 냄비
보타지고 밭아* 짜박거리던 시간들
부르르 끓여 훌러덩 데이던 시간들
냄비보다 앞서 스스로를
무수히 태워먹었던 시간들
나는 고스란히 알고 있다
스며들 듯 금이 가던 상처의 흔적을
아닌 척 쓱쓱 물로 씻어내고
정성껏 매만지던 밥상의 핵심
아주 오래된 냄비

* 보타지고 밭아: 전라도 방언, 액체가 바싹 졸아서 말라붙다.

깊고 푸른 남해 바닷속처럼
평생을 한결같이
맑고 다정하던 어머니
흔들리던 마음 그대로
푸른 바다, 비단 짓는
네 삶을 부디 잘 살아라
떨리듯 담아주던 푸른 법랑 냄비

그녀는 아름답다

한공심, 정직한 반찬을 만들어
자식을 키워낸 사람
고기반찬을 평생 못 먹던 사람
25년 동안 매일을 하루처럼
봉화산을 오르내리던 사람
산이 그렇게 좋더군
하나님이 내 이야기를 들어줘서 고맙더군
내 친구는 봉화산과 은성교회 하나님이야
일평생 일 한번 안 하고 고집은 무쇠그릇
남편 건사가 그리 쉽지 않던 세월
아이들 아빠라 어찌할 수 없었다던 사람
모처럼 67세에 쉬었다
목을 축인다
가던 걸음 잠시 내려놓았다
봉화산 한 바퀴 같던 인생
봉화산 한 바퀴 돌고 바람처럼 사라졌다

시(詩)

당신은 말장난이라고
싫다고 하셨다
말장난에 가슴 얼얼하고
먹먹하기도 했다
돌 장난에 개구리 죽기도 했다
산을 오르고 강을 지나
들판을 한참이나
지나고 나서야 알았다
삶은 장난치며 걸어갈 때
제일 재미지게 사는 거다

외갓집

오뉴월 겁 없는 햇살이
으쓱대는 골목길
시원한 등덜미를 내준
백 년 묵은 대청마루
그 어르신 고집처럼
구부정한 나주반 점잖다
연둣빛 호박 채가 선연히 말을 건다
섬진강 모래알 다 토해 낸
재첩 속살을 보드랍게 품고서
고향집 부뚜막에 앉아 있는
상봉댁* 신의 물방울
후드득 지나간
하루가 눈물 맺힌 맛
먼 데서 불러들였다
속마음을 풀어헤치는
그리운 것들이 도착했구나

* 상봉댁: 어머니의 별칭

마음

어여쁜 사람이 있다
저녁 찬거리를 사러 시장 다녀왔다고
콩깍지와 잔뿌리를 모두 손질한
가지런한 마음, 콩나물을 놓고 갔다
속을 쓸어주는 세상 시원한 콩나물국
그 사람 의리가 흔들리던 생각
청양고추 마침표처럼 존재를 짚어준다
어여쁜 사람이 있다
손가락 가시를 찔러가며 거둔
꽉 찬 알밤을 한 보따리 놓고 갔다
잠 못 들고 서성이다가 달빛이
내게 붙잡혔다
깊은 밤에 달빛 묻은 밤을 삶았다
잠깐 졸아 물도 졸아 펑 터지는 군밤
화들짝 놀라 튕겨 터진 속
달콤하고 고소하기 이를 데 없다
달빛 조각 흩어진 마음을 먹었다
알밤 같은 벗이 되기로 했다
밤하늘에 속살 노오란
고소하고 달콤한 행성 한 알 떠올랐다

모든 삶은 작고 크다

걸었다고요
그럼 볼 수 있어요
사람 사는 풍경이 내 안으로
쏟아져 들어오네요

자동차 속에서는
풍경이 미끄러져
튕겨져 나갈 뿐이네요

흥미진진한 한 권의
책처럼 풍경이 펼쳐지네요

그대의 오감에
기록되는 아름다운 시간들
사람 사는 풍경은 걸을 때만
만날 수 있는 만권의 책입니다

시간과 방향에 따라
습도와 햇살에 따라

바람의 무게에 따라
무궁무진한 생의 이야기
길은 철학자의 내면처럼
드넓게 펼쳐지고
세상과 나를 이어주는 출렁다리
모든 삶은 작고 크다
들리나요, 사람 살아가는 풍경
속 길을 걷다 보면
자기회복 굳은살이 잡힐 겁니다

옥잠화

어머니 목수건을 풀자
옥잠화 흰 대궁이 피었다
늘 기진한 뒷덜미
받쳐주던 흰 옥양목을 풀자
후드득 떨어지던
남이 볼라 훔치던
새벽 눈물일까
서러운 저녁의 사연일까

어머니 목수건을 풀자
옥잠화 흰 대궁이 피었다
아무리 곤란하더라도
대문을 들어서면 탈탈 털어라
하루를 공손하게 정돈해라
어머니 세수하려고 목수건을 풀면
옥잠화 흰 꽃 대궁이 희게 흔들렸다
몸종을 데리고 시집을 왔던
큰살림의 친정을
한 번도 꺼내지 않고

검불을 모아 일궈낸 산수 벌
소나기 지나간 푸른 들판 일하다
기진한 여름 한 철
잠시 목수건 풀어 거푸 세수하시고 일어섰다
옥잠화 흰 꽃 대궁이 따라 일어섰다

집으로

바람은 왜 부는 걸까요
따뜻한 이것은 무엇일까요
사랑은요
아기 참새가 재차 물었다
응, 눈 맞추고 손잡고
알려주고 싶다
하나하나 찬찬히 알려주고 싶다
때를 맞추느라
장소를 찾느라 놓친 사이
깃털에 힘이 생긴 참새는
더 이상 묻지 않았다
자신의 둥지를 틀러
저 멀리 날아갔다

바람은 왜 부는 걸까요
따뜻한 이것은 무엇일까요
사랑은요
공간이기도 하고
사람이기도 하고

시간이기도 하는

집으로

한글

하늘은 둥글어서
밝음의 시초 해를 품고
사람은 서서 반듯하게 살거라
땅은 평평해서 어둠의 끝
모든 것이 합체되리니
모음자의 원리다

기역 봄의 기쁨
니은 여름의 즐거움
미음 한여름의 욕심
시옷 가을의 분노
이응 겨울의 슬픔
자음자의 원리다

세상의 미세한 바스락거림이나
천둥 치는 소리를 옴싹* 담아낸
마르지 않는 언어 주머니
정과 반을 아우르는 소리

* 옴싹: 전부의 방언

가갸거겨 볍씨가 보이기도 하고
어린모 적신 흰 잠방이, 굽은 등 펄럭이기도 하고
푸른 하늘 걷다가 살포시 구름 위에 드러눕는다
우주로 날아가 순항하는 별들의 씨앗
누구나 읊어도 저절로 반짝거리고
아무 곳에서나 높이 떠올라 환히 빛난다

까치 정비소

실밥 터지게 일해 봤어
기름 절인 작업복을 입고
까만 손으로 희게 웃었다
아저씨 몸 위로 정제된
나팔꽃 씨 기름방울이 떨어졌다
쓱 훔치고 일을 계속한다

햇빛도 가물은 작은 사무실에는
손님을 위한 간식이 언제나 풍년이다
직접 키운 고구마, 감자, 차, 사탕바구니
아무리 재촉해도 천천히 고쳐서
다시 고장 나지 않게 하는 마법
값을 도대체 올리지 않는 마법

하루 품삯이 걱정되어
까치 한 마리
늦저녁까지 희망을 노래하다 날아가지만
양심적인 기술자로 부자가 되기는 먼일이지만
10년이 지나도 변함없이

남루한 간판은 더 색이 바랬다
내가 더 애타는
까치는 꿈을 언제 이룰까
아저씨는 애초부터 꿈이 없었을까
오늘도 물어보지 못했다

맑은 눈빛

스무 살 내 꿈은
맑은 눈빛의 남자를 만나고 싶었다
그 남자를 만나던 날
비 갠 아침 냄새가 났다
어디서 봤을까
저 맑은 눈빛을

현실의 주판알 두들기니
학벌도 직업도 얇기
그지없다고 다들 만류했다
사흘 밤 고민하다가
돈은 내가 벌 거야, 결정했다
돈 한 푼 안 벌어 본 아가씨가
결혼합시다, 날짜를 잡고
작은 방을 구했다
서른 살 내 꿈은
맑은 눈빛의 아기를 낳고 싶었다
열무김치와 자두를 먹으며 아기를 키웠다
함박눈처럼 맑은 눈빛의 아이를

시냇물처럼 맑은 눈빛의 아이를
말할 수 없이 행복하고 말할 수 없이 고단했다
가득 찬 하루가 이리저리 미어터져도
어디서 생겼을까
가냘픈 몸에서 솟아나던 힘
사과 한 박스 들고도
무거운 장바구니를 번쩍 들었다
손바닥에 날마다 붉은 빨랫줄을 그었다
맑은 눈빛의 아이가 힘들어
쳐다보면 별들이 치마폭에 우수수 쏟아졌다
사십 대의 나의 꿈은
저 잘난 맛에 잠깐 길을 잃기도 했지만
오십 대의 어느 날
눈빛 맑은 이들이 머물러 울타리를 쳤다

나는 새봄마다
맑은 눈빛을 심는 농부가 되었다

씨앗을 심으면서 생각한다

나는 날마다 맑은 눈빛을 심는다고
그래서 온 숲에는 별들이
자라고 탕탕 털려서
수북한 온기를 물고 이착륙을 하고
나는 작고 크게 기쁘다
떨어지는 모든 것들은 언젠가 부활했다
세상 기슭 어디에 있을 그대여
맑은 눈빛은 삶의 결정적 단서다

논물*

새벽녘 낡은 수첩에는
흑임자 알갱이 수북하다
평생 논물에 잠방이 적셔 살던 사람
대들보 탕탕 턴 옷과 연장통을 챙겼다
고른음을 내쉬던 늙은 기계는
훅 먹통이 돼버리기도
정신이 나가 한없이 돌기도 했지만
그 사람 스치면 털털털 피가 돌던 손기술

푸지게 쏟아지던 나락 폭포
흰 훈김 들이키며 함지박 떡국 넘쳐나고
정성껏 모내기하듯 흔쾌하게 살아라
평생 논물에 잠방이 적셔 살던 사람은
못자리논 훨훨훨 학이 되어 날았다
누구도 울지 않았고 모두가 서러웠다

* 교사의 길을 내려놓고 평생 선업의 농사를 지으며 복합영농과 신지식인으로 이웃과 더불어 부농마을을 일구신 아버지께 바친다.

부엌의 마음

꼭 도달하고 싶었던
그대의 이상
기자재는 칼, 도마
양념은 소금, 장
간결하고 소박하다
두서너 번 손질하면
끝, 소복한 찬
반쯤 무너진 영혼을
단단히 구축하게 하고
먼 곳에서 허물어지고 있던
모세혈관을 살살 달래서
끝까지 돌아오게 하는
온 우주 순환의 기운
손상 없이 제멋대로 자란
재료를 구하고자
시시로 눈을 부릅떴다
가장 많이 다치는 이여
여기 와서 마음의 방에 불을 켜라
온 방을 환하게 뛰어다녀라

풀치조림

여름 식탁은
갈치냄새가 배어 있다
남해안 물살 한 필 가르는
은분 체취가 훅 끼쳤다
갓 건져 올린
노릇노릇 지용성 소리
온 토막 갈치구이거나
애호박 속살과 만난
두툼한 살 부서질라
중 토막 갈치조림이거나
어머니는
한 점도 드시지 않았다
그 여름의 끝까지
비릿하고 딱딱한
어머니의 찬
풀치* 한 접시
흥건한 앞치마에 매달려 있다

* 풀치: 갈치의 새끼, 남도에서는 햇빛에 말려서 조림용으로 이용한다.

소원풀이집

별의 씨앗으로
달의 씨앗으로
바람의 씨앗으로
햇살의 씨앗으로
우주로 날아다니다가
하늘이 정해준 찰나에
접선되어 내게로 와준
네 곁에 언제나 있을게

검은 밤하늘
동트는 흰 새벽
만날 수 있으리라
그대의 간절한 것들
부딪쳐 꺾어지는 것들
언제까지나 사랑하니
삶이 이끄는 대로 따라가면
우리가 아는 너머 그 이후의 너머로
작은 수첩에 촘촘히 뿌려지는
씨앗을 받아 높이 올렸다

고집

한 고집 하는 남자를 사랑했네
대나무 쪼개지는 푸른 파열음
다시 세울 수 없는 그 남자를 사랑했네
단단한 아카시아 나무못처럼 징 박아 놓으면
흔들리지도 부러지지도 않는 남자를 사랑했네
매사 견디는 일에 이력이 붙은 사람
사사건건 내면의 생채기가 차올라도
어쩔 수 없다던 답답한 그 속을 따라 걸었네

몇 달 며칠 폭염에 사납던 노동에도
한 번도 마음을 문밖에 세워 두지 않던 사람
자디잔 조팝꽃 일상을 다 들어주던 사람
오늘도 쇠가죽 고집이 정성껏 밭을 갈고 있다
긴 세월의 언덕을 넘어오고서야
나는 그 남자의 푸른 고집을
한없이 지칠 줄 모르는
꿈쩍도 않는 한결같음을 사랑했구나
그 삶을 따라온 일이 참으로 잘했구나
청춘을 다 바친 사람은 내가 아니라 그대였음을

고향 연가

귀밑머리 해바라기가
눈을 뜨지도 못하고 부엌문을 미는
어머니 얼굴에 피었다
아동 몇 첫차를 기다리는 간이역에
이 본적의 예배당 소리가
제집인 양 찾아들고
정정히 선 뒤뜰 살구나무 아래
아버지가 장작 패는 식전 무렵
빗자루로 마당을 쓸면
벗겨지는 살결 위에
찍혀지는 흙의 결심
서로의 정면을 사랑한
반농반어촌의 굳센 사내들
노동 철마다 한 치의 거리를 두고
은전이 찰랑이면
갈수록 몸이 축났다
전어처럼 퍼덕이는 저잣거리를 돌아
혓바닥 깨물고 있는 고막을 캐는
아낙들의 기진한 해 질 녘

괭이갈매기처럼 끼룩대던 아이들은
머리를 처박고 숨어버리는 파도를 따라갔다

발바닥까지도 보드랍던 도회의 처녀가
마지막 버스를 타고 돌아오는 길에
시침은 총총 귀가를 서두르고
산수리 사람들의 문풍지가 주홍으로 열렸다
도깨비바늘 씨 엉겨 붙은
조카의 가위바위보는 막 잠들고
종갓집 백열등 아래
꽃게장을 담그시는
어머니의 정강이에 물린 밤하늘
한참갈이 큰골 동구배미에는
싹둑 잘린 벼 포기 밑동마다
함박눈이 푸지게 퍼부었다

푸른 고요

초록은 열악한
곳일수록 꼼꼼하게 덮어준다
숨 쉬기 힘든 곳일수록
숨 쉴 만하게 바꿔놓는다
초록은 가난한
살림살이를 연결하다가
가슴 뻐근한 풍경을 자주 토했다

멀리서 스스로 여닫히는 나무문 소리
해 떨어져도 걷어들이지 못한
빨래들이 한없이 휘청이는 소리
여태 귀가하지 못한 사람 때문에
초록은 뜨거워지는 눈을 감았다
그윽한 보살핌은 신의 몫
별도 잠들 수 없다
바람도 잠들 수 없다
한밤을 넘어가는 시간
안간힘을 쓰며 기대는
것들에게 초록 눈물이 스며든다

초록은 불완전할수록 완벽하게 스며든다

삶의 돌밭을 일구다가
서로의 그늘을 쓸어주다가
연약한 것들은 스스로가 초록이 되어
덮어주는 법을 터득했다
그 순간, 땅이 초록 스위치를 켜자
하늘에는 푸른 고요가 펼쳐졌다

누군가를 구하러

새벽 숲에는 신이 돌아다녀

백중사리를 경험할 수도 있지

한 마음이 다른 마음으로 걸어가

도달하는 모세의 기적

제4부

모든 것은 연결되어 있다

뒤란*

나서기 좋아하지 않던 사람
딱 혼자 놀기 좋은 마당
햇살이 산그림자 남기고 아쉬워하던 곳
언덕을 넘어온 바람이 깃털 탈탈 털고 가던 곳
어머니 긴 한숨 주머니가 부려지던 곳
하늘도 반쯤 몸을 기울여 주던 곳
시간도 잠시 멈춰가기도 하고
꽃 한 송이 기웃거리기도 하고
누구나 한 발 걸쳐놓고 쉬기 좋은 곳
세상 누구도 이겨보지 못한 사람 품어주던 곳
그 사람의 그림자가 길게 자라나는 곳
누구나 그런 뒤란이 있다

사는 것이 소란스러울 때 찾아들어라

---

* 뒤란: 뒤뜰의 방언

골목길

누르고 살지만 훅 하고
들이닥치는 게 그리움이다

고스란히 보여주는
어느 환한 하루
고스란히 기억하는
옛 동무의 얼굴

누르고 살지만 훅 하고
들이닥치는 게 그리움이다

물끄러미 바라보던 땅의 색
물끄러미 바라보던 친구의 눈
이웃들의 작고 낮은 창문들
물끄러미 바라보던 하늘의 구름

누르고 살지만 훅 하고
들이닥치는 게 그리움이다

사랑을 다시 시작한다

복수초 꽃잎 한 장
시냇물에 띄워 보내요
사람도 식물도 끝을 내지 못해
여위어 가던 겨울이 끝났나 봐요
사랑의 날은 대부분
베거나 찍거나 파거나
히말라야 설산이 문을 열고 들어와요
가쁜 숨 끝에 들어서는
네 그림자를 가로막아도

초원에 뿌려진
누군가의 이야기를 먹고
오소소 너무 떨어
희게 변한 꽃잎이 날아다니면
언덕을 넘어서 한 사람이 걸어와요
혼자 있는 것이 약이 되는
지평선과 입맞춤하는 하늘의 시간
환하게 그대 날이 동틀 거요
세상 이치래요

무정하게 마음이 갈라설지라도
복수초 꽃잎 한 장
시냇물에 띄워 보내요
사람도 식물도 끝을 내지 못해
여위어 가던 겨울이 끝났나 봐요
언제 들어도 선뜻 돌아보는
떨리는 인연이 다시 들어서요
세상 이치래요

마음에 대하여

속을 알 수 없다
밭두렁 고구마 속을 알 수 없다
얹힌 듯 답답하다
동치미 무청 푸른 영혼
휘감아 주는 맑은 목 넘김
나의 진실, 권해 봐도
그 사람 속을 모르겠다
도무지 알 수 없는 그대의 속을
똑같은 날씨, 똑같은 모종으로도
속에 든 것이 이렇게 다르다니
품은 속의 깊이가 이렇게 다르다니
쏙 뽑아 든 마음 한 뭉텅이
오늘을 잘 지냈을까
속이 꽉 찬 통 큰 배추
문득 그 사람이 보고 싶다
푸른 겉잎을 젖히면 연둣빛
아삭하고 다디단 층층 속마음

도무지 속을 모르겠다

고구마를 캐다 말고 밭두렁에 앉아
사람 속을 모르겠다고 생각하다
하루가 저물었다
그리운 것들이 지천이다
잦아드는 풀벌레 소리에
잦아드는 마음 한 귀퉁이
속을 알 수 없다는 생각에
가로막혀 더 캄캄하다
달이 떴다, 달빛 따라
살아나는 마음결이 훤히 보이는
한 사람, 참으로 그리운 입동이다

기분 꽃 같네

부드럽고 찰진 밥
갓 구운 고소한 조기
어쩌다 나누며
땀 흘려 일한 값으로
정성껏 살고 싶었다
맑은 숟가락의 마음
쏟아지는 말에 확 베였다
솟구치는 억울함에
참자, 어금니를 누르는 순간
길을 잃은 밥알들
콧구멍에 내동댕이쳤다

지저분해진 숟가락을 내려놓고
위태롭게 일렁거리다가
언덕배기 보리수 아래 앉았다
질펀하게 앉았다
모래흙이 달라붙었다
친구 하자, 속삭이자
나비가 어깨에 앉았다

너를 기다렸어
하늘이 허리를 구부려 빤히 쳐다봤다

후끈한 뒷덜미를 바람이 쓸어주자
밑바닥 없이 가라앉던 자존심이 떠올랐다
얼른 붙잡아 제자리에 앉혔다
그래 잠깐일 뿐이야
지나가는 폭주족이었어
한마디 거들며
연못에 빠진 구름을 나뭇가지가 건져내고 있었다
비위 상하지 말자
비위 상할 것도 많다
바람에 올라탄 마음이 조심스럽게 그네를 탔다

함박눈

소년이 뛰어나온다

소녀가 따라 나온다

호기심과 수줍음이 버무려져

산과 들에 뭉쳐지던 시절

발자국을 따라가면

순백의 시간을 달려서

들어서 버리는 하늘의 축복

너무 보고 싶은 사람

걸어 나올 것 같은 하얀 눈

사랑스러웠던 모든 순간이 나부끼는 눈

평생 쳐다보고 싶던 그 사람의 검은 눈

종래는 시간을 거슬러

들어서 버리는 하늘의 눈물겨운 축복

세상의 모든 거친 소리가 사라졌다

봄은 부풀어

모든 것이
부풀어 오르기 시작했다
천연 효모 발효되어
고소한 빵이 부풀어지듯

지구상에 작은 사람 하나
몸살 후, 쑤욱 올라오는 싹
모든 것이 부풀어지고 있다
불현듯 발목을 낚아채는
좌절의 스펙트럼 아무리 진을 쳐도
발돋움하자, 봄이다
무거운 상심의 돌덩이
자신을 가라앉히는
것들을 뚫고 박차고 나가자
일어나라, 아무리 좋은 곳이라도
잠시 머무는 환승역
봄은 부풀 대로 부풀어 보라고
줄기 뻗어보라고 속삭인다
봄은 부풀어
모든 것이 부풀어 오른다

마음이 드러누울 때

가만히 서 있어도
한없이 걸어 봤어도
세상에는 영롱이는
것들이 너무 많아
한 키에 잡고 싶었어요

봄철 언덕길에서
푸른 나무들이 휙휙 지나치고
푸른 강물이 출렁출렁 지나갔지만
못 봤어요, 하나도 볼 수 없었고

내게 보이던
영롱이며 반짝이는 것들은
너무나 날카로워
대부분 찌르거나 베어 버렸지요
신기루 속에 허우적대며
쏟아내던 투덜거림에 갇혀
언덕을 이루고 산을 이루고
마음이 드러누울 때

끝이 보이지 않던
마음속 돌덩이를 힘껏 던졌어요

누가 가르쳐 줬을까요
무릎 접혀 바라보니
가만히 서 있어도
한없이 걸어도
세상에는 영롱이는
것들이 너무 많아
환히 펴진 손바닥 위로
바람이 깎는 사과 소리가 들려요
마음이 일어나서 저도 깎아 볼까 해요

새벽밥

춥고 서러운데 말할 수 없이 뜨끈하다
생명을 지닌 것들이 세상을 떠돌다가
잠시 쉬려고 착륙해 힘을 모으는 것
수북이 쌓인 땀방울의 결정체
미안해, 깨끗한 물로 헹구면
괜찮아, 눈을 감는 힘겨운 시간들
긴 한숨 토하며
생을 잇는 밥을 푸는 순간
희망 한 덩이 덩달아 피어올라
춥고 서러운데 말할 수 없이 푸근하다

선택

노란 블라우스
단추를 채워
아침 세면대에서
그녀 무시로 마음을 매만지지만
걱정 한 올 삐져나와 있다

가릴 것 없는
없이 사는 사람의
깊어가는 창백한 저녁
더러 참을 거르며 근심을 쓸고 있다

세상살이란 여인네의 바느질처럼
자근자근이 하는 것이랑께
동여맨 머릿수건이 매사 단단하던 분
말을 떠올리며
나는 지금
다시 뜯어야 하는지
곱지 않은 매듭을 지워야 하는지
진정 원하는 것은 무엇인가
날이 새고 있다

여린 것들은 힘이 세다

힘껏 밀어라
젖 먹던 힘까지 더 밀어붙여라
속살 터져 으앙 탄생하는 새순
단단한 나뭇가지에서
돌덩이 깔린 퍅퍅한 흙 속에서
캄캄한 어둠을 헤치고도
찬 바람을 맞고 떨다가도
얼마나 더 얼려져야 할까
숨이 간당간당 끊어질 듯
생의 시간 끄트머리에서
기적이리라
신비로운 일이다
숨을 지켜 일어서는 떡잎 한 장
사력을 다해 토해내는 새순 한 장
숲을 이루고 꽃을 피워 열매 맺고
제 할 일 다 한 뒤
그냥 가뭇없이 떠나버린다
여린 것들은 힘이 세다
너도 참 세상 것들 중에서

더없이 여리고 여리다
보자, 믿을 수 없을 만치
힘이 세구나
배꼽까지 숨을 밀어라
당당히 돌덩이를 밀어붙인
여린 것들은 힘이 세다

청춘 일지

이미 시작되어 버린 생물학
강의를 뒤로하고
노교수 잔기침을 묻혀
복도를 걸어 나올 때
속 깊은 곳에서
이게 아닌데, 독백을 했다
내 등을 치며
이제부터 시작이야
금분을 뒤집어쓴
늙은 낙우송은 말했으나
자리 없는 나는 알고 있어
자리 없는 사람의 심정을
사방을 날고 있는
시간의 가루는 사치스러웠지만
날마다 새로운 사다리에 흔들리고
날마다 새로운 이별통보를 받았다

교문을 나와 생각하니

손바닥의 금처럼 길은 열려
나는 알겠다
이것이 확인하는 거로구나

보헤미안처럼 구름이 가다 말고
좀 늦었을 따름이야
얼른 받아, 차표를 던졌다
귀가를 서두르는 사람들과
버스 손잡이에 흔들렸다
흔들리며 꽉 잡고 살아가기로
힘껏 뛰어 저녁 담을 넘어 버리기로 했다
잠들 수 없는 스물이었다

사랑에 대하여

두들겨 봐요
두드리다가 창문을 타고
흘러내리는 빗물처럼
가없이 흘러가 봐요

두려워하지 말고 두들겨 봐요
처마를 타고 흘러 자진해서 들어가요
그대와 나를 뒤섞어 주던 물과 공기

프레임 맞춰 구겨지는
것들로부터 결별하여
무색무취로
그대가 차는 것
그대에게 차이는 것
변곡점을 겪는 통과 의례
견딜 수 없이 훼손당해 비틀거려도

사랑할 때 아무 이유가 없듯
헤어질 때 아무 이유가 없어

창문 두드리며 흐르는 빗물
속절없이 흘러버려
쓸쓸히 스며들어
한순간 몸의 접점
맨드라미 뜨거운 열기로 피어나고
몰아쳐 오던 마음의 폭풍
끊임없이 위험하고
끊임없이 공허하던

두들겨 봐요 흐르는 빗물처럼
그대 창문을 두드리다가
벽을 타고 흐르던 그대는
본성에 다다르자
물속에 뿌리를 펼쳐
흙을 단단하게 뭉쳐
모든 것을 품어 키워내는
스스로 비가 되어 창문을 두들겨요

건들지 말고 걱정하지도 말고

다시는 뒤돌아보지도 말고

마음과 몸이 함께 열려
가장 편안하게 두들기던
빗물을 받아들여
그대가 마지막에 지니고 갈
꽃 피어요

통과 의례

기쁨이 뭉친 시간
케이크에 불을 켜면
복 받으시라
남의 속도 모르고
끝이 어디인지
가늠할 수 없는
바람은 불고
눈이 퍼부었다

아슬아슬하게 흔들려도
누구도 다치게 하지 말자
나무들마다 무늬를 새기던
그해 겨울
그대는 한없이 깊어졌다

오래 기다렸다고
기쁨이 뭉친 작은 꽃
한 송이 틔웠다
누군가 열리는 순간이었다

다시 봐도 선암사

선암사는 언제 가도 좋다
이른 봄, 한여름, 늦가을, 깊은 겨울
기쁠 때, 힘들 때, 그냥저냥 좋을 때
언제나 그 형편대로 상황대로
늘 지극히 편안하고 상냥하다

그대 삶의 어느 한 순간
예기치 못한 폭우가 내릴 때
겹벚꽃 화사한 꿈을 흘려버렸을 때
긍정의 비단 꽃길을 펼치던
절 마당의 촉촉한 마음을 잊을 수 없다

그대 삶의 어느 한 순간
예기치 못한 서리가 내릴 때
초겨울 붉은 등을 켜 들고
주렁주렁 가지마다 찌푸린 하늘을 이고서도
감나무 붉어 터진 한 알의 순정
가득한 산사의 그렁그렁한
눈빛을 잊을 수 없다

첫 겨울을 맞는 샛노란 은행잎

하룻밤에 다 벗어버린

하늘에서 쏟아진 별의 말을 주우러

현실의 부엌일 하다 앞치마 훌쩍 던져두고

쉽게 다녀올 수 있는 물리적 거리

초겨울 느낌표, 봄의 마침표

선암사 맞다

붙잡다

이야기 더 나누고
싶어 붙잡았다
나뭇가지 바람이
잎사귀에게 붙잡혔다
붙잡지 마라
그냥 놓아라
붙잡다 보면 서로가 불편하고
마음이 자유롭지 못해
언젠가는 괴롭다
그냥 놓아라
그리 살 것도 없더라
모두 티끌이거늘
그냥 놓고 살아라
그리 살아도 별일 없다

내 곁에선 이들은
이구동성으로 말했다
붙잡아라, 뭐든 붙잡아서
단단히 살거라

수시로 일러주고 강권했다
붙잡았다
뭐든 꼭 붙잡았다
떨어지기 싫어서
혼자 남기 무서워서
늘 마음에 긴장이 불안이
진을 치고 자리했다
늘 위태위태한 날이었다

아무것도 아니라고
그냥 툭 놓고 살아도
별일 없다고 일러주지 않았다
그냥 손뼉 탁 치듯
그냥 살아라
아무것도 붙잡지 말고
그냥 툭 살아라
자신에게 말하던 날
하늘은 더 파랗고
구름은 두둥실거렸다

새벽 숲은 신이 돌아다닌다

본디 산호초일 거야
억겁의 시간을 기다려 만든
반지 모양의 둥근 환초
퇴적과 융기의 나날이었지
한 번씩 관통하던 싹쓸바람
아, 내면에 단단한 골격을 세워
걸러 낼 적마다 뒤집어지던 삶
갖가지 빛깔의 열대어, 혹등고래, 상어, 볼락,
해마, 청새치, 성게, 해파리 수많은 생물이 번식했지
파도치면 누군가 포말 져 흘러내리고
우리는 그럴수록 서로에게 단단히 묶이게 되었지
부서지거나 못 쓰게 되어 떠돌던 물체들
영혼이 떠나 버린 몸들은
무수히 가라앉기 시작했지

누군가를 구하러
새벽 숲에는 신이 돌아다녀
백중사리를 경험할 수도 있지
한 마음이 다른 마음으로 걸어가

도달하는 모세의 기적

누군가를 구해 내기 위하여
새벽 숲에는 신이 돌아다닌다

수수경단

첫 생일
적덕(積德)하거라
태어난 땅에 자족하며
비바람이 불어도 휘파람 불며 살자
수수의 철학이리라
불순한 것들은 떨어져라
팔팔 끓는 물에 굴려
동글하게 빚어 팥고물 묻히니
선업(善業) 쌓거라
불경스러운 것들을 쫓으며 겹겹이
배례하여 하늘 닿도록 올리는 마음
어머니, 키 큰 수숫대가 되었다

잘 살아 보려다가

장롱 속 목화 이불솜에

머리를 파묻고 울었다지요

응답하지 않는 신일지라도

오직 그대 곁에서 흰 구름

잎사귀 들고 눈물 받아 줄 거요

그대 다시는 시시(時時)하게 울지 마요

이미 눈물을 통과했어요

벌써 날아다니는 시간을 만났다고요

제5부

호모루덴스를 꿈꾸다

아프리카 춤을 추자

그것을 아시나요
세상 제일 재미있는 사람여행을
속도가 다른 사람에게서
목격하는 고결한 삶의 자세
살아 있는 이 순간에 집중하며
금빛 풍경 속으로 사라지는
끊임없이 간지럽고 끊임없이 아리는

그것을 아시나요
세상 제일 재미있는 사람여행을
몸짓만으로 환하게 불을 켜는
소년들이 풍경 속으로 자맥질해 뛰어드는
근심 없는 눈으로
남은 전 생애 행운을 빌어서
한 점의 불필요한 살도 붙어 있지 않도록
한 점의 불필요한 꾀도 생각나지 않도록
새털처럼 가벼운 삶을 흔들어라

그것을 아시나요

세상 제일 재미있는 사람여행을
불순물 한 점 섞이지 않는 바람에 몸을 실어
점프하고 흔들고 소리치고 키스하라
아프리카 춤을 추자, 무지개 스텝을 밟을 거야
새로운 약속을 품을 수 있도록
본분을 다한 사람들의 발목을
땅은 높이높이 들어 올려 주었어요

여름밤

푸른 별에게 물었다
그대를 데려다주라고
나의 소원은 딱, 한 가지

스무 살, 지평선을 헤매다가
쓰러져 잠들던 한잠
지구에 놀러 온
사람을 만나서
한 묶음 화원을 일궜다

그러자 검은 나뭇가지에 걸린
흰 구름 잎사귀를 타고
푸른 별이 내려왔다

층층나무의 비밀

넌 참 딱딱해

왜 너는 몰라

조금만 들썩여도 흙먼지처럼

발칵 화를 내고

살짝 앉아도 살이 괴고 짓물러

넌 참 딱딱해

연인들의 언어를 닮아 봐

한없이 한없이 받아주는 언덕 아래

열두 폭 진초록 갈래치마가 들어 올린

무한 꽃차례 밀선* 속으로

퍼부어지는 언어들

평범한 날의 찬란한 하루가 깃들 테니

* 밀선: 꿀샘

땅을 조금 갖던 날

새벽에 일어나면
별은 늘 단정히 앉아서 기다렸다
그 별을 닮고 싶어서
어둠을 개어 정돈하고 따라나섰다

순한 흙냄새 벌어진 고랑마다
씨앗을 품을 테다
땅이 하는 소리를 들었다
희게 젖어있던 새벽이었다
어두운 것들이 유순하게 물러나며
대지에 숨결을 부어주자
두근두근 고랑이 부풀어 벌어졌다
검게 물든 저녁이었다
버티고 버티던 마음을 던져두고
몸을 혹독하게 부렸던 날
허리를 펼 수도
다리를 쪼그려 앉을 수도 없이
벗겨진 자리마다 온갖 통증이 생겼다

보다 못한 별이 다시 일어나 앉았다
나도 따라서 어둠을 정돈하고 일어섰다
순한 흙냄새 벌어진 고랑마다
씨앗을 품을 테다
땅이 하는 소리를 다시 들었다
더 이상 통증 따위는 두렵지 않다
붉은 해가 파도처럼 부서졌다
섬광체가 나를 통과했다

새벽에 일어나면
별은 늘 단정하게 앉아서 빛났다
나는 별보다 먼저 일어나고 싶다
진실을 키울 테다
처음으로 몸과 마음이 만나
소리치는 소리를 들었다

어머니의 장날

봄은 풋것들의 잔치다
이 시절이 오면
어머니는 풋것들을 뜯고 다듬느라
손톱 밑이 늘 시퍼렇다
거기서도 싹이 틀 기세다

어머니 봄볕 같은 목소리
풋것들은 약이니
담백하며 짭조름한 날된장에 먹어야 한다
목울대가 뻐근해지는 말에
거기서도 싹이 틀 기세다
값도 묻지 않고 다 달라고 했다

풋것들을 뜯고 다듬느라
어머니는 손톱 밑이 늘 시퍼렇다
날 새워 장에 들이는 공
다섯 아이가 주렁주렁
날마다 목울대가 뻐근해지도록
줄기를 타고 기어올랐다

어머니 봄볕 같은 목소리
뿌리를 건드려서는 안 된다
북을 수북이 해 주렴
목울대가 뻐근해지는 말에
거기서도 열매가 익을 기세다
값도 묻지 않고 다 달라고 했다

여름을 씻다

고통은 소금 뿌려
몸을 관통하며 절여지는 것
살다 보면 물기 다 빠져
진이 다 빠졌어
철퍼덕 주저앉아
그대 눈물을 훔쳐볼 때
촉감으로 차오르는

오이지 쫑쫑 썰어 한 종지
그제야 물이 도는 핏줄
착하디착한 오이 냄새 같던 욕망
살아야겠다
서서히 힘을 써 보는
어둠 속에서 물기를 비틀어 짠다
힘껏 짜 본다
다 털리고서야 느껴지는 오돌오돌한 하루
점점이 붉은 고춧가루, 고소한 한 방울
운 좋은 날의 행운들이여
뜨겁고 견디기 어려운

불의 길을 지나게 했던
여름을 씻어 다시 살아 내게 하는

고통은 소금 뿌려
몸을 관통하며 절여지는 것
살다 보면 물기 다 빠져
진이 다 빠졌어
철퍼덕 주저앉아
그대 눈물을 훔쳐볼 때마다
나는 쫑쫑 썬 착하디착한
오이지로 여름을 씻었다
불의 길을 지나게 했던
여름을 씻어 다시 살아 내게 하는

상추쌈

꿩 한 마리 나타났다
꿩 두 마리 나타났다
꿩 아홉 마리가 걸어간다
부모 꿩 따라
일곱 마리 아기 꿩도 뒤뚱뒤뚱
숲속 오솔길 상추밭둑에
길 비키라고 소리쳐도
막무가내 유유하다

밖의 소란에 놀라
상추잎이 손바닥만 하게 벌어졌다

꽃도 잎사귀에 뒤질세라
다퉈서 터지고
진돗개가 열나게 뒤쫓는 대낮에
풀밭 속 방동사니 한 잎 문
까투리 풍덩 숨던 날
상추쌈을 했다
볼딱지가 터져도 나는 몰라요

온 가족들이 풀 속에서 놀았다
연둣빛 낮잠을 잤다
숲속에서는 고라니가
고구마 순을 거의 다 먹었다
에라 모르겠다
고구마 뿌리가
주렁주렁 달리기 시작했다
상추 한 쌈에
하나님도 푹 잠이 든 푸른 한낮이다

동글동글

나는 직선이 좋았다
젊은 날, 한 치의 오차도 없이
한 번에 그어지는
그 파르란 시간들이 좋았다

중년의 나는
가끔 규격을 벗어나기도 했다
지쳐서 힘들어
노력해도 뜻대로 안 돼
운명이 장난치기도 해서

거만을 떨다가도
잘난 척하다가도
직선도 곡선도 아닌
선들로 혼잡해지기도 했다
그렇게 넘어온 선의 나날들

지금 나는 곡선이 좋다
무작정 좋다

동글동글 귀걸이, 동글동글 식탁
동글동글 밥그릇, 동글동글 탁구공
동글동글한 것은
거부감 없이 따뜻하게 반응했다
서로가 구부러져서 만나는 모서리에서
연분홍 시간들을 연결했다
각을 세우던 순간들이
적당히 깎여 나가 사람이 되었다
동그란 바가지에 퍼 올린
한 모금, 나눠 마시는 물이 되었다

언제나 봄은

스치기만 해도 베였다
쉽게 뭉개졌다
시퍼렇게 얼룩지는 생명들의 투혼
가보지 못한 광활한 대지에
끊임없이 떠나거나 돌아오는
사람들이 무심히 걸어가는 길섶에
왜 마음을 짓이겨 뭉개려고 해
우울을 걷어내며
봄의 풋것들은 한없이
진실을 토해내고 있다
그러다가 누군가 무식하게
손대면 자진해버린다

놀라워라, 하늘과 땅의
두려운 시간을 견뎌온
한없이 여린 것들이
마음을 열었을 때 이토록 황홀하다

행복지수

그네처럼 한가하게 시간을 타기
모처럼 뻥 튀밥처럼 크게 웃기
몸을 덥히는 차 한 잔의 존중
첫 단어 배우는 아기의 베이비사인*

다섯 가지 질문에 의해 추출된
당신은 오늘 행복한가요
그 질문지 중 한 개
삶의 캄캄한 길목을 지나야 할 때
손잡고 그대 눈에 잠겨
이야기할 사람이 있는가요
시월, 달력을 열며 공손하게
그런 사람을 꿈꿔봅니다

* 베이비 사인: 아기가 부모와 의사소통할 수 있는 하나의 수단으로 몸짓이나 표정을 통해 주고받는 것

바위에 앉아

앉아만 있다 보니 못된 심보만 늘었다
소년이 달려와서 등을 타고 놀기도 하고
푸릇푸릇 이야기를 쏟아놓고 가는 농군들
짙은 향 토해놓고 모른 척 고개 숙인 풀꽃들
바라보다가 나도 모르게 조금씩 변했다
어제는 폭풍이 불기도 했고
오늘은 흰 눈이 쏟아지기도 했다
나도 조금씩 변해갔다
흐르는 시간 속에서
나는 그만 수영이나 하자고 생각했다
앉은 자리에서 하는 상상의 자맥질
그러자 달도 햇살도 뜨겁게 입맞춤했다
앉아만 있다 보니
내 안의 소리들을 죄다 듣게 되었다
시간을 거슬러 흐르는
시간을 거슬러 반짝이는
시간을 거슬러 솟구치는
어떤 씨앗의 마음도 다 받아주는
흔쾌한 흙이 되었다

나는 눈을 감고도

이제 어디라도 갈 수 있다

비밀 통로

저는 수수한 것이 좋아요
돋보이면 부끄러워요
제 것이 아닌 것처럼 여겨져요
마음이 위로 붕 떠버려요
미완성인 채로 사는 것이 좋아요
작은 일, 사소한 일이 천지에 널려있어요
바라던 일이에요
날마다 쫓기지 않고
돈을 생각하지 않으면서
살아가는 지금이 참 좋아요
풍경 위를 거닐어보셨나요
큰 나무와 연결된 기분을
지구가 나를 이끄는 기분을
날마다 벌들이 흙을 파내
구멍이 숭숭 생긴 미완성의 집에서
꿀벌처럼 잉잉거리며 살아봐요
착실하게 일을 하고
착실하게 청소를 하며
착실하게 사소한 오늘을 이야기하면서

저는 수수한 것이 좋아요

그래도 작지만 크게 살 거예요

높이 헤엄쳐

한때는 나도 바람처럼 달렸다
초원을 가르는 사자의 갈기처럼
한때는 나도 하늘을 날았다
구름을 펴 올리는 독수리의 날개처럼

먹이를 찾아다니던 무수한 날들
어쩌다가 그만 뛰고 싶고
어쩌다가 그만 날고 싶고
아무리 날갯짓을 한들
날 수 없는 날도 지나왔지만
세상은 넘지 못할 높이뛰기였지만

작은 집을 들썩이게 하는
어린 웃음소리 놓칠세라
짠 내 나는 소금알갱이 툭툭 털어
파도라 생각하며 하루를 씻었다
아, 언젠가는 파도를 불끈 잡아타고
고래를 따라 물결을 누빌 거야
거친 속은 늘 바다로 달렸다

어둠을 가르는 푸른 달빛

부스럭거리는 날갯짓을 베고 누우면

언젠가는 하늘을 날아

높이 헤엄칠 수 있을 거야

사자도 독수리도 구름도

높이 헤엄쳐

서로를 오래 바라볼 거야

억지로 하지 않을 거야

비어서 텅 비어서

나는 단지 나지막하게 노래할 거야

잔소리

종일 쏟아냈다
장맛비처럼 지겹게 쏟아졌다
하늘이 구멍이 났나
속으로 투덜댔다
모든 것이 척척하고 꿉꿉하다
종내 곰팡이가 슬었다
그런데도 하등 쓸모없는 언어의 비는
종일토록 쏟아졌다
단단해져야 할 것들도 흐물흐물해져
다 못 쓰게 됐다
미쳤군, 한마디씩 돌을 던져도
꿈쩍도 안 한다
우리 모두는 지금 견디는 중

콘크리트에서 냉이를 캤다

퇴근길 담벼락에서 냉이를 캤다
초록 비린내가 흥건했다
쏟아 놓는 봄을 보니
티끌 하나 없이 골라라
야문 생각이 가지런히 들렸다

컴컴한 어둠 속에서 파스 하나로
대적했던 욱신거리는 숨쉬기
또 하루를 갉아먹었구나
퇴근길 먹구름이 몰려올 적마다
창문에 잠시 걸린 흰 구름이
메시지를 남기고 사라졌다
찰나였다, 봄처럼 피어라
나의 숨구멍은 제비집 같은
작은 창문 하나
울울창창한 빌딩숲 두꺼운 콘크리트
속에서 언제 부서질지 모르는
작은 창문에 구름이 나뭇잎이
어쩌다가 운 좋게 달빛이

와, 하늘이 통째로 걸리기도 했다
그러나 대부분 내가 억지로
붙잡아 놓고 놓아 주지 못했다
숨 쉬기 위해 필요한
도회지 최소한의 벗
창문 갈라진 틈새를 막을
작은 화분 하나 키웠다
자꾸 죽어도 자꾸 사서 키웠다
아무리 작은 월급을 받아도 포기하지 않고
줄기차게 키웠다
화분은 달빛을 데려오기도 하고
풀벌레 소리를 물어 나르기도 하고
별꽃을 피우기도 했다

멀리 걸어가 버린 풍경들을
내 곁에 바싹 끌어당겨 앉히고
시냇물처럼 맑고 명랑하게 살 거야
제기를 차고 팽이치기를 하며
굴렁쇠를 굴리며 살 거야

나는 콘크리트 담벼락에서 냉이를 캤다
한없이 씻어 주는 흰 뿌리의
고독을 잘근잘근 씹었다
담벼락에 쏟아 놓는 봄을 보니
또 한 철의 겨울을 통과했구나
티끌 하나 없이 골라라
야문 생각이 가지런히 들렸다

흰 구름 잎사귀

잘 살아 보려다가
장롱 속 목화 이불솜에
머리를 파묻고 울었다지요
날아다니는 눈물을 본 적 있나요
눈물은 견디기 어려워질수록
나는 연습을 해요
스치는 바람에 떨어지기도 하고
햇살에 몸을 던져 버리기도 해요
그런 날은 뉘우치며 지상으로 내려와
사람들 밤새 고인 눈물을 받으러 다녀요

휘몰아치는 비바람을 뚫고
잎사귀 더 이상 머금을 수 없는
시름 덮어 주려 지상으로 떨어져요
오늘 비바람 부는 하루
빗속에 서서 절대 지지 말아요
물방울이 냇물이 되고
강물이 되고 대양이 되는
저 담대한 눈물 품은 시간을 지나요

한없이 흘러드는 눈물을 통과해요

한순간 실수로 급류에 빨려들어도
걱정 말아요, 빠져나올 수 있어요
물에 빠진 사람을 나뭇잎은 끌어 올려요
때로는 물속에 잠기는 것도 나쁘지 않아요
당황하지도 버둥거리지도 말고
유유히 지닌 힘을 다 빼
발을 쭉 밀어요, 순간 깃털이 돼요
눈물처럼 그대는 날아다녀요
날아다니는 것들은 이미 천사예요

이제 마음 놓고 흘러 버려요
사람은 강줄기 모래톱처럼 사랑을 쌓고
그래서 쉬지 않고 새잎이 돋고 꽃이 피는 거래요
흰 구름 잎사귀 아래 걸쳐 앉아요
흰 구름 잎사귀 위에 타고 놀아요
잘 살아 보려다가
장롱 속 목화 이불솜에

머리를 파묻고 울었다지요
응답하지 않는 신일지라도
오직 그대 곁에서 흰 구름
잎사귀 들고 눈물 받아 줄 거요
그대 다시는 시시(時時)하게 울지 마요
이미 눈물을 통과했어요
벌써 날아다니는 시간을 만났다고요

해 설

– 신원석(시인, 문학평론가)

"나는 욕망한다. 그러므로 나는 존재한다"

인간의 삶에 있어 '욕망'의 긍적적 기능에 주목한 철학자, 스피노자가 한 말이다. 하지만, 욕망이 욕망을 낳는 이 시대의 관점에서는 그 의미가 전혀 다른 것으로 읽히는 것이 사실이다. 스피노자는 '나를 더욱 나답게 하는 힘'으로서의 욕망에 주목했지만, 과잉 욕망의 시대를 살아가는 사람들에게 욕망은 이제 무조건적으로 채워야 하는 절대적 가치처럼 보인다. '나를 더욱 나답게 하는 힘'으로서의 욕망이 '나'를 더욱 '나 아닌 다른 것'으로 몰고 가는 이러한 역설적 현상 속에서 욕망은 '이기심'의 또 다른 이름으로 전락했고, 우리가 맺고 있는 인간관계 또한 그것에 종속되었다. 욕망으로 무장한 사람들에게 더 이상 타인은 이해(理解)와 배려의 대상이 아니고, 사람과 사랑을 잃어버린 사람들의 마음 속에는 깊은 외로움과 상처만이 남는다.

이러한 시대에도 위난희 시인은 사람에 대한 관심과 애정을 놓지 않는다. 그것은 그가 욕망이 아닌 '자연'으로 무장되어 있기 때문에 가능한 것이다. 일찍이 스피노자는 만물이 자기를 보존하고자 노력하는 것을 '코나투스'라 명명하면서, 인간은 지성과 이성을 통해 인간의 본성을 발견하고, 올바른 방식으로 자기보존의 노력을 실천해야 한다고 말한 바 있다. 그런 의미에서 위난희 시인의 이번 시집 『흰 구름 잎사귀』는 자신의 코나투스를 지키기 위해 '자연' 속으로 걸어 들어간, 결연한 삶의 기록이라 할 수 있다. 과감하고 단호하게 현실을 떠나 '자연'을 통해 '사랑'을 배우고, 그렇게 익힌 '사랑'을 다시 현실의 '존재들'과 나누는 것, 그것이 시인이 스스로 지키고자 하는 시인의 '자기 본성'이다.

사람이 좋았다
그지없이 좋았다
그러나 사람들을 만나면
만날 때마다 상처받았다
여린 살갗이 자꾸만 베여 늘 쓰라렸다

우연히 숲으로 들어갔다
다친 가슴을 안고
숲으로 가서 털썩 주저앉았다
눈물 훔치던 자리에 꽃이 맺어 있었다
발자국 서성이던 자리에
나무가 오랫동안 굽어보고 있었다
우리는 단박에 친구가 되었다

비밀을 퍼 나르지도 않고
뒤통수를 치지도 않고
싸구려 위로도 건네지 않는
아무리 남루해져도
밑천이 다 드러나 바닥을 보여도
상처가 짓물러 고름이 흘러도
말없이 쓰다듬어 주거나
말없이 함께 서 주었다
그냥 긴 시간을 같이 있어 줬다
한없이 말없이 기다려 줬다
그 눈빛 잊을 수 없다
그 손길 잊을 수 없다
다시 사람 사는 세상 속으로
걸어 들어갔다

더 이상 다치지 않았다

나도 꽃 한 송이

나무 한 그루 되련다

숲의 마음을 펼쳐 살련다

– 「숲의 시작」 전문

위난희 시인은 사람을 너무나 좋아하는 사람이다. 사람에 대한 그의 관심은 "그것을 아시나요/세상 제일 재미있는 사람 여행을"(「아프리카 춤을 추자」 중에서)이라는 진술을 통해 드러나고, "사람을 사랑한다는 건/그 마음에 얹혀져/새털처럼 가볍고 포근해진다는 것"(「꽃이 하는 말」 중에서)이라는 진술은 사람에 대한 시인의 깊은 애정을 잘 보여준다. 시인은 삶의 방향을 놓치고 울먹이는 이들에게 "꽃밭에 오세요/어디로 가야 할지 생각이 길어질 때/주저하지 말고 꽃밭에 오세요"(「꽃밭」 중에서)라고도 하고, "사랑은 쉬지 않고 기포처럼 펴 올려야 한다는 것을"(「서어나무 아래서」 중에서)이라고도 말한다.

이처럼 사람을 사랑하는 시인은, 그러나 그 사랑만큼이나 아프고 깊은 상처를 입고, 우연히 '숲'이라는 공간을 찾아든다. '관계'가 '상처'로 귀결되는 현실과 달리 '숲'은 시인의 아픔을 치유하는 공간이자, 사람으로부터 상처 입은 시인이 다시 넉넉한 마음으로 또 다른 누군가를 사랑할 수 있도록 이끄는, 내면적 성숙의 공간이기도 하다.

'다친 가슴'을 안고 '털썩' 주저앉아 버린 '숲'. 그곳에서는 '눈물'이 '꽃'으로 피어나고, '발자국' 서성이는 시인을 굽어봐 주는 '나무' 덕분에 시인은 외롭지 않다. 예리하게 날이 선 현실 속을 살아온 시인은 '숲'으로 들어와서야 마침내 꽁꽁 동여매었던 상처를 풀어헤친다. 상처를 '쓰다듬'는 숲의 '손길'과 말없이 '함께' 기다려 주던 숲의 '눈빛'은 시인이 깨달은 사랑의 방법이다. 사람으로부터 상처를 입은 시인이 무모하게도 다시 '사람 사는 세상' 속으로 걸어 들어가고자 하는 것은 그가 '숲의 마음'을 알게 되었기 때문일 것이다. 과거의 자신처럼 상처 입은 누군가를 위해 이제는 스스로 '숲'이 되어야 함을 깨달은 시인은 '사람 사는 세상'으로 돌아가, '숲'이 건네던 '손길'과 '눈빛'을 누군가에게 되돌려 주기로 결심한다. 사람을 너무나 좋아했던 시인, 그가 다시 사람들에게 돌아가기로 마음먹은 것 또한 그가 사람을 너무나 사랑하기 때문이리라. 시인이 다시 세상 속으로 들어가는 길목에서 '숲'의 '마음'이 펼쳐진다, '숲의 시작'이다.

다 벗었다고 생각했다
적절히 잘 벗는 고수의
진면목과 맞닥뜨리기 전까지
비교하지 말자 다짐해도
저 등성이의 햇살과 물이 좋을까
미련스럽게 자꾸 거슬러
오르는 법이 궁금했다

세상길은 끊임없이 혼란스러워
겨울 한가운데 뻗어나간 나뭇가지
절대 고독과 무거운 침묵을 생산해 내는
너의 우람한 시간을 목격하기 전까지

다 벗었다고 생각했다
적절히 잘 벗는 고수의
진면목과 맞닥뜨리기 전까지
뭇 영혼을 재워두고 직면하는
정제된 생명을 만드는 너의 시간 속에서
무조건적인 사랑을 받았던 때가 떠올랐다
다시 돌아갈 수 없는 곳에 대한
그리움이 환히 만져졌다

눈의 무게로 찢어지는 어깨의 파열음

골짝을 파헤치는 물살의 비수에

터진 속살을 내주면서도

속속들이 안으로만 갈고 있는

너의 굴곡을 체험하기 전까지

다 벗었다고 생각했다

적절히 잘 벗는 고수의

진면목과 맞닥뜨리기 전까지

－「겨울 숲에서」 전문

'겨울 숲'은 '적절히 잘 벗는 고수'다. 온갖 것들이 얼어붙는 겨울에도 얼지 않고 흐르는 '계곡물'은, 숲을 오르는 발걸음들을 더 높은 상류로 이끈다. 겨울의 한가운데로 뻗은 '나뭇가지'가 '절대 고독'으로 서서 '무거운 침묵'을 생산하는 동안, '겨울 숲'은 수많은 영혼들을 품속에 재우고 봄에 터져 나올 '정제된 생명'을 잉태 중이다. 모든 것을 벗어버리고 여린 숨결을 품는 '겨울 숲'을 통해 시인은 '무조건적인 사랑'을 받았던 옛날을 떠올리고, 다시 돌아갈 수 없는 시간과 공간에 대한 그리움을 환해진 손길로 더듬는다. 모든 것을 내어주고 더 높고 깊은 곳을 찾아 거슬러 오르는, '적절히 잘 벗는 고수'의 '진면목'과 맞닥뜨린 시인은 무거운 겸허를 안은 채 숲을 빠져나온다.

「숲의 시작」에서 '숲'이 치유와 성숙을 이끄는 장소였다면, 「겨울 숲에서」의 '겨울 숲'은 절대 고독의 세계이자, 여린 숨결들을 품는 생명의 원천이다. '눈의 무게'로 찢어지는 어깨의 '파열음'과 '골짝'을 파헤치는 '물살의 비수'는 품속에 잠든 '뭇 영혼'들을 위해 모든 것을 벗어버린 '겨울 숲'의 희생을 잘 보여준다. 이처럼 시인이 자연물을 대상으로 보여주는 사유도 결국에는 사람을 향해 있다. 훌훌 다 벗고, 누군가에게 온전한 사랑이 되는 일, 그 사랑을 위해 단 하나도 남김없이 '나'를 희생하는 일. 그것은 시인이 삶을 살아가는 이유이다.

어머니 목수건을 풀자
옥잠화 흰 대궁이 피었다
늘 기진한 뒷덜미
받쳐주던 흰 옥양목을 풀자
후드득 떨어지던
남이 볼라 훔치던
새벽 눈물일까
서러운 저녁의 사연일까

어머니 목수건을 풀자

옥잠화 흰 대궁이 피었다

아무리 곤란하더라도

대문을 들어서면 탈탈 털어라

하루를 공손하게 정돈해라

어머니 세수하려고 목수건을 풀면

옥잠화 흰 꽃 대궁이 희게 흔들렸다

몸종을 데리고 시집을 왔던

큰살림의 친정을

한 번도 꺼내지 않고

검불을 모아 일궈낸 산수 벌

소나기 지나간 푸른 들판 일하다

기진한 여름 한 철

잠시 목수건 풀어 거푸 세수하시고 일어섰다

옥잠화 흰 꽃 대궁이 따라 일어섰다

–「옥잠화」 전문

위난희 시인이 타자를 인식하는 방식은 다분히 시적인데, 비유를 통해 대상을 인식하는 시인의 이러한 독특한 지각 방식은 시인이 자기 인식을 넘어 세계를 보다 선명하게 이해하고, 자아와 세계의 적절한 관계를

수립하는 데에 일조한다.

「옥잠화」에서 시인은 '어머니'를 '옥잠화'로 인식한다. 어머니가 '목수건'을 풀고 일어서자, '옥잠화'가 '따라' 일어섰다는 표현은 시적 대상인 어머니와 보조관념인 옥잠화의 완전한 합일을 이루면서, 어머니라는 존재에 대한 그 어떤 자세한 진술보다도 더욱 뚜렷하고 선명한 인상을 남긴다. 남이 볼세라 새벽에 '눈물'을 훔치던 여인, 목에 둘렀던 '수건'으로 제 몸을 '탈탈' 털어서 하루를 정리하던 여인. 부유했던 '친정'의 도움을 조금도 빌리지 않고, '검불'을 모아 일궈낸 여인의 살림. 이렇듯 정갈한 삶을 살아낸 시인의 어머니는 그늘진 곳에서 조용히 피어났다가, 바람이 불면 '탈탈' 꽃가루를 날려 보내고, 아침이 되면 수줍어 꽃잎을 오므리는 '옥잠화'를 너무나 닮아 있다. '옥잠화(玉簪花)'는 한자 그대로 풀이하면 '밤에 피는 옥비녀 꽃'이라는 뜻이다. '옥잠화'라는 이름 또한 꽃이 피기 전 꽃봉오리의 모습이 옥으로 만든 비녀를 닮았다고 해서 붙여진 이름이라고 한다. 저녁나절에 피기 시작해서 밤에 활짝 꽃을 피웠다가 아침이 되면 수줍게 꽃잎을 살짝 오므린다는 이 꽃 덕분에 독자들은 시인의 어머니를 선명하고 명징한 실체로서 받아들이게 되는 것이다.

한 고집 하는 남자를 사랑했네
대나무 쪼개지는 푸른 파열음
다시 세울 수 없는 그 남자를 사랑했네
단단한 아카시아 나무못처럼 징 박아 놓으면
흔들리지도 부러지지도 않는 남자를 사랑했네
매사 견디는 일에 이력이 붙은 사람
사사건건 내면의 생채기가 차올라도
어쩔 수 없다던 답답한 그 속을 따라 걸었네

몇 달 며칠 폭염에 사납던 노동에도
한 번도 마음을 문밖에 세워 두지 않던 사람
자디잔 조팝꽃 일상을 다 들어주던 사람
오늘도 쇠가죽 고집이 정성껏 밭을 갈고 있다
긴 세월의 언덕을 넘어오고서야
나는 그 남자의 푸른 고집을
한없이 지칠 줄 모르는
꿈쩍도 않는 한결같음을 사랑했구나
그 삶을 따라온 일이 참으로 잘했구나
청춘을 다 바친 사람은 내가 아니라 그대였음을

–「고집」 전문

시인은 자신이 사랑한 남자를 '대나무 쪼개지는 푸른 파열음', '견디는 일에 이력이 붙은 사람', '한 번도 마음을 문밖에 세워 두지 않던 사람'으로 인식하고 있다. 시인은 추상적일 수밖에 없는 대상의 내적 측면을 다양한 감각을 통해 구체화하거나, 감각의 전이를 통해 이중적인 요소들을 통합하는 방식으로 제시하는데, 이러한 시인의 '보여주기' 능력은 너무나 탁월해서 독자들은 대상이나 장면을 떠올리는 과정에서 심미적으로 고양되는 느낌을 받게 된다.

그렇다면, 시인이 대상과의 거리를 좁히는 방식은 어떨까? 그것은 시간이라는 범주를 통해 대상의 의미를 규명하고, 점점 그 본질에 가까이 다가가는 모습으로 나타난다. '한 고집 하는 남자'는 시간이라는 빛을 통과하며 '푸른 고집'이 되고, '푸른 고집'은 다시 숙성의 시간을 거쳐 '꿈쩍도 않는 한결같음'으로 변주된다. 시인 또한 그러한 시간의 흐름을 통해 성숙한 눈으로 '그대'를 읽고, '청춘을 다 바친 사람이 내가 아니라 그대였음을' 깨닫게 된다.

새벽에 일어나면
별은 늘 단정히 앉아서 기다렸다

그 별을 닮고 싶어서
어둠을 개어 정돈하고 따라나섰다

순한 흙냄새 벌어진 고랑마다
씨앗을 품을 테다
땅이 하는 소리를 들었다
희게 젖어 있던 새벽이었다
어두운 것들이 유순하게 물러나며
대지에 숨결을 부어주자
두근두근 고랑이 부풀어 벌어졌다
검게 물든 저녁이었다
버티고 버티던 마음을 던져두고
몸을 혹독하게 부렸던 날
허리를 펼 수도
다리를 쪼그려 앉을 수도 없이
벗겨진 자리마다 온갖 통증이 생겼다

보다 못한 별이 다시 일어나 앉았다
나도 따라서 어둠을 정돈하고 일어섰다
순한 흙냄새 벌어진 고랑마다
씨앗을 품을 테다
땅이 하는 소리를 다시 들었다

더 이상 통증 따위는 두렵지 않다
붉은 해가 파도처럼 부서졌다
섬광체가 나를 통과했다

새벽에 일어나면
별은 늘 단정하게 앉아서 빛났다
나는 별보다 먼저 일어나고 싶다
진실을 키울 테다
처음으로 몸과 마음이 만나
소리치는 소리를 들었다

– 「땅을 조금 갖던 날」 전문

이번엔 시인이 '땅'에 대한 욕심을 좀 낸 모양이다. '별'을 닮고 싶은 시인은 서둘러 '어둠'을 개고 '별'을 따라나선다. '대지'는 부푼 '숨결'로 '고랑'을 벌리고, 시인은 그곳에 '씨앗을 품을 테다' 하고 단호하게 외친다. 씨앗 하나를 심는 일이, 우주 하나를 심는 일이라고 했던가. '땅'과 살 붙이고 살아가는 일이 결코 쉬울 리 없다. 땅에 씨앗을 심는 동안 벗겨진 시인의 '자리'는 여기저기 '통증'투성이다. '허리'를 펴지도 '쪼그려 앉'지도 못하는 시인을 다시 일으켜 세운 것은 다름 아닌 '별'이다. 시인은 '땅이 하는 소리'를 듣고 이번에는 '더 이상 통증 따위는 두렵지 않다'고 외친다. '붉은 해'가 부서지고, '섬광체'가 온몸을 통과하지만, 별을 꿈꾸는 시인에서 이제 그러한 고통은 무력해 보인다. 시인은 '별'처럼 '진실'하게 빛나게 될 날을 꿈꾸면서, '벌어진 고랑' 사이로 다시 '씨앗'을 심느라 열중이다.

시집 『흰 구름 잎사귀』는 시인이 지금껏 살아왔던 현실을 떠나 새로운 곳에 거처를 마련하고, 그곳에서 만난 '초록'과 한통속이 되어 뒹군 시간에 대한 세밀한 기록이다. 온통 '푸른 것' 속에서 살아가며 '거칠어진' 시인의 생애, 하지만 하루가 다르게 부쩍 자라나는 푸성귀들만큼이나 시인의 행복은 커져만 가는 듯하다. 그래서 "맑은 눈빛은 삶의 결정적 단서다"(「맑은 눈빛」 중에서)라고 말한다.

시인은 「시인의 말」에서 "이상과 현실의 문을 매일 드나들면서 살았다"고 고백한 바 있다. 그런 의미에서 시인이 자연과 함께 살아가기 위해 마련한 작은 공간은 물질적 속성은 무화되고 사랑만이 응축된, 정신적 토대임에 틀림이 없다. 모두가 말릴 때, 시인은 고집스럽게도 자연이 있는 곳을 향해 훌쩍 떠났고, 시인이 만난 '초록'들은 기꺼이 '이상과 현실의 문'이 되어주었다.

위난희 시인에게 '욕망'이란 곧 '자연'이다. 그가 현실 세계의 질서와 원칙을 넘어서서 자신의 참된 본성을 지키려 찾아든 '땅'과 '숲'은 그런 의미에서 우리가 추구해야 하는 올바른 욕망의 방향이 아닐까 생각해 본다. '자연'의 품에서 '거칠게' 살아가는 시인은 점점 '초록'을 닮아가고, 시인이 쓴 시의 행간마다에는 짙은 '풀냄새'가 묻어 있다. 『흰 구름 잎사귀』를 통해 시인이 들려주는 '저곳'의 이야기들은 여전히 '이곳'에 사는 우리들의 가슴을 뛰게 할 것이다. 푸르디푸른 이 한 권의 시집이 오늘도 힘겹게 현실을 살아내고 있을 많은 이들에게 깊고 따뜻한 위로가 될 것이다.

흰 구름
잎사귀

초판 1쇄 발행 2024. 9. 2.

지은이 위난희
펴낸이 김병호
펴낸곳 주식회사 바른북스

편집진행 김재영
디자인 양헌경

등록 2019년 4월 3일 제2019-000040호
주소 서울시 성동구 연무장5길 9-16, 301호 (성수동2가, 블루스톤타워)
대표전화 070-7857-9719 | **경영지원** 02-3409-9719 | **팩스** 070-7610-9820

•바른북스는 여러분의 다양한 아이디어와 원고 투고를 설레는 마음으로 기다리고 있습니다.

이메일 barunbooks21@naver.com | **원고투고** barunbooks21@naver.com
홈페이지 www.barunbooks.com | **공식 블로그** blog.naver.com/barunbooks7
공식 포스트 post.naver.com/barunbooks7 | **페이스북** facebook.com/barunbooks7

ISBN 979-11-7263-114-7 03810

•이 책은 순천시, (재)순천문화재단의 후원을 받아 발간되었습니다.